一擲賭乾坤

일척 도 건곤 乾坤

임영기 新무협 판타지 소설

FANTASTIC ORIENTAL HEROES

일척도건곤 2

임영기 新무협 판타지 소설

초판 1쇄 찍은 날 § 2007년 12월 7일
초판 1쇄 펴낸 날 § 2007년 12월 17일

지은이 § 임영기
펴낸이 § 서경석

편집장 § 문혜영
편집 § 최하나 · 이환진

펴낸곳 § 도서출판 청어람
등록번호 § 제1081-1-89호
등록일자 § 1999. 5. 31
어람번호 § 제2-1360호

주소 § 경기도 부천시 원미구 심곡1동 350-1 남성B/D 3F (우) 420-011
전화 § 032-656-4452 팩스 § 032-656-4453
http://www.chungeoram.com
E-mail § eoram99@chollian.net

ⓒ 임영기, 2007

ISBN 978-89-251-1067-7 04810
ISBN 978-89-251-1065-3 (세트)

賭擲一

일척도 건곤 乾坤

임영기 新무협 판타지 소설
FANTASTIC ORIENTAL HEROES

2

[항해(航海)]

도서출판 청어람

目次

第十二章
낙양으로

一攫千金者 乾坤

닷새 후 정오.

감포 어느 선창의 갑선거(閘船渠:갑문).

호리 일행 네 사람은 자신들의 앞쪽, 아직 물을 채우지 않은 갑선거 맨바닥에 놓여 있는 한 척의 배를 보며 적이 감탄하는 표정을 짓고 있었다.

과연 선창 주인은 호리와의 약속을 지켰다. 결국 ㄱ의 자존심이 승리를 한 것이다.

선창 주인은 호리네 앞쪽에 서서 뒷짐을 진 채 배를 보면서 몹시 흡족한 미소를 짓고 있었다.

자신의 손으로 만들기는 했지만 보면 볼수록 마음에 든다는 표정이었다.

호리 일행은 배의 겉모습만 보면서 감탄을 하고 있었으나, 주인은 자신의 정성과 땀이 구석구석에 배어 있는 배 전체를 음미하고 있었다.

겉으로 본 배의 모습은 호리궁보다 두 배쯤 큰 정도였다. 예상했던 것보다는 조금 더 큰 크기였다.

그런데 선고(船高:배의 높이)가 꽤 높았다. 배 위에 선실을 높게 지어서가 아니라 바닥에서부터 난간까지의 높이가 원래의 호리궁보다 절반 이상이나 높았다.

전체적인 모습은 예전 호리궁보다 훨씬 더 날렵해 보였다. 앞쪽은 점점 가늘어지면서 뾰족해서 마치 상어 주둥이 같았으며, 상갑판은 그리 넓지 않은 대신에 후갑판은 널찍했고 또 앞쪽보다 두 자 이상 낮은 것이 눈에 띄었으며, 보통의 배와 다른 점이었다.

아마 속도를 빠르게 하기 위해서 앞은 높게, 그리고 뒤는 낮게 한 것이라고 호리는 추측했다.

배의 길이는 대략 오 장 정도 되어 보였으며, 선상에는 자그마한 선실이 있었다.

그런데 그 선실이 다른 배의 것보다 매우 낮았다. 사람 키의 가슴 정도 높이여서 저 안에 사람이 들어갈 수 있을까 의

구심이 생길 정도였다.

선실이 낮기 때문에 배의 전체적인 높이는 다른 배와 별 차이가 없었다.

돛대는 모두 세 개였다. 선실 바로 뒤에 붙어 있는 가장 큰 중앙 돛이 대장(大檣)이고, 상갑판의 돛이 전장(前檣), 뒤의 것이 후장(後檣)이다.

이 배는 분류상 소형에 속하는 데에도 불구하고 돛이 세 개씩이나 있는 삼장선(三檣船)이다.

이런 것은 매우 드문 경우였다. 만약 세 개의 돛을 모두 활짝 펼친다면 달리는 말처럼 빠른 속도로 강이든 바다든 쏘아 갈 것이 분명했다.

"수고했소."

호리가 주인의 등에 대고 치하하자 그는 잠시 잠자코 있더니 뒤돌아보지 않은 채 중얼거렸다.

"음! 내주고 싶지 않은 마음이 더 커지기 전에 어서 배를 끌고 내 눈앞에서 사라지게."

호리는 주인의 지금 심정을 충분히 짐작할 수 있을 것 같았다. 그는 이 배를 만들기 위해서 닷새 동안 모든 작업을 중지한 채 선창의 일꾼 모두를 동원하여 밤낮으로 피땀을 흘렸을 것이다.

삼 년 전에 호리궁을 만드는 데 이십여 일이 걸렸던 것에 비한다면, 그보다 더 크고 빠르며 훌륭한 배를 만드는 데 닷새밖에 걸리지 않았다는 것은 실로 경이로운 일이었다.

쩔렁!

"애쓰셨소."

철웅이 은자 오백 냥이 담긴 자루를 주인 발 앞에 내려놓고 나서 호리가 치하의 말을 건네자 주인은 물끄러미 돈 자루를 굽어볼 뿐 가타부타 말이 없었다.

더 이상 지체할 수 없는 호리는 고개를 끄덕여 모두에게 배에 타라고 신호하고는 자신도 배에 올랐다.

묵묵히 있던 주인이 일꾼에게 갑선거에 물을 가득 채우고 갑문을 열라고 지시한 후, 새 배의 난간 가에 서 있는 호리를 올려다보며 진중하게 입을 열었다.

"다른 배와 부딪치지 않도록 조심하게."

퉁퉁!

주인은 주먹의 바깥쪽으로 배의 옆면을 가볍게 두드리면서 설명을 이었다.

"배 전체에 두께 반 치의 철판을 두르고 그 위에 철목(鐵木)을 씌웠네."

호리가 의외라는 듯 가볍게 놀라는 표정을 짓자 주인은 배의 앞머리를 가리켰다.

"그뿐 아니라 선수(船首) 앞부분에는 두께 다섯 치, 폭 한

자, 길이 다섯 자의 철인(鐵刃)을 세워서 박았네. 그러니까 청룡언월도보다 세 배 정도 큰 칼날을 정면을 향해서 세워놓았다고 생각하면 되네.”

호리는 놀라다 못해서 어이가 없었다. 창칼이 뚫지 못하는 배를 만들어 달라고 주문을 하긴 했지만, 이것은 아예 철갑전투함을 만들어놓은 것이다.

“배의 다른 장치들은 별로 어려울 것이 없으니 곧 터득하게 될 것일세.”

“주인장, 저 배는…….”

호리가 포구에 묶어놓은 옛 호리궁을 가리키면서 주인에게 말을 꺼내자 뒤에 서 있던 은초가 당황한 표정으로 급히 그의 옷깃을 슬쩍 잡아당겼다.

“어쩌려고?”

“이제 필요없으니까 이곳에 두고 가야지.”

은초는 초조하게 다시 물었다.

“버릴 거야?”

“그래야지.”

은초의 얼굴에 아깝다는 표정이 역력하게 떠올랐다. 그는 호리궁을 빤히 바라보면서 하고 싶은 말을 입속으로 삼키느라 애쓰고 있었다.

아깝고 안타깝기로 치자면 호리의 심정이 은초에 비할 바가 아닐 터이다.

호리궁은 삼 년여 동안 호리의 생활 터전이고 집이었다. 아니, 분신이라고 할 수 있었다.

그렇지만 두고 갈 수밖에 없다. 멀고 먼 낙양까지 배 두 대를 끌고 갈 수는 없는 노릇이다.

"자네들 목적지가 어디인가? 우린 주문받은 배를 직접 인도해 주기도 하기 때문에 천하 곳곳 물길이 닿는 곳이라면 가지 않는 곳이 없네. 목적지를 말해주면 늦더라도 저 배를 그곳까지 가져다주겠네."

주인이 호리궁을 쳐다보며 안쓰러워하는 호리의 마음을 읽고는 그렇게 제안했다.

호리는 은초를 돌아보았다. 은초는 호리의 의도를 간파하고 즉시 주인에게 소리쳤다.

"무창 통상로(通湘路)에 있는 삼우정(三友亭)이라는 주루로 보내주시오!"

"알겠네."

주인이 고개를 끄덕이자 비로소 은초의 얼굴에 안도하는 표정이 환하게 피어났다.

삼우정이 어딘지는 모르지만 호리궁이 그곳에 당도하면 은초의 소유가 될 것이다. 호리로서도 호리궁을 잃는 것보다는 그 편이 훨씬 좋았다.

"어여 그만 가보게. 피곤해서 술이나 진탕 퍼마시고 한숨 자야겠어."

주인은 자기 할 말은 다 했다는 듯 손을 저으면서 집이 있는 쪽으로 비척비척 걸어갔다.

갑선거 안에 물이 가득 차자 이윽고 갑문이 열리고 배가 스르르 수로를 따라 포구로 미끄러져 갔다.

배가 움직이기 시작하자 호리궁과는 많이 다른 육중함이 느껴졌다.

호리궁보다 두 배 정도 큰 것에 불과하지만 무게는 세 배 가까이 나가는 것 같았다. 아무래도 두꺼운 철판을 둘렀기 때문일 것이다.

호리는 일단 포구의 호리궁 옆에 배를 대놓고 짐을 후갑판으로 옮겨 실은 후에 그것들을 정리하면서 배의 내부와 기능을 살펴보기로 했다.

그는 지나치게 낮은 선실이 가장 궁금했다. 과연 그토록 낮은 선실을 무엇 때문에 만들어놓은 것인지, 그 안에서 무엇을 할 수 있을지 현재로서는 알 수가 없었다.

선실의 입구인 앞쪽에 이른 호리는 가볍게 표정이 변했다.

그곳에는 아래로 향한 세 개의 계단이 있었고, 계단을 내려가아 선실의 문을 열 수 있었다. 즉, 선실 바닥은 갑판보다 석 자가량 낮게 꾸며져 있었던 것이다.

물론 계단 주변에 반 자 높이의 턱이 있어서 비바람이나 파도가 들이쳤을 때에도 계단 아래로 물이 흘러내리지 않도록 해놓았다.

호리는 선실 입구 계단 아래로 내려가 보았다. 아래쪽 바닥 가장자리에는 반 자 높이의 각락언(角落堰:물을 막는 장치)이 빙 둘러 설치되어 있었다. 그것으로 선실 안으로 물이 새 들어올 일은 없을 듯했다.

척!

선실 안으로 들어가는 데에는 조금도 허리를 굽힐 필요가 없었다. 선실이 갑판보다 훨씬 아래쪽에 위치해 있기 때문이었다. 조금 전에 호리가 낮은 선실을 염려하던 것은 순전히 기우였다.

큰 키인 호리가 꼿꼿하게 서서 걸어 들어가도 머리 위로 한 뼘 정도 남았다.

그러나 워낙 덩치가 큰 철웅이 드나들려면 고개를 많이 숙여야만 할 것 같았다.

호리 뒤를 호선이 그림자처럼 졸졸 따라 들어오면서 신기한 듯 두리번거렸다.

선실 안은 밖에서 봤던 것보다 꽤 넓었다. 길이와 폭이 호리궁보다 절반 정도씩 더 컸다.

호리는 선실 안을 둘러보면서 장롱을 어디에 놓고, 세간은 어디에 둘 것이며, 잠잘 때는 어떻게 나누어서 자야 할지를 대충 궁리해 보았다.

선실 앞쪽에는 바닥에서 솟아 나온 하나의 굵은 막대와 네 개의 크고 작은 활차(滑車:도르래)들이 나란히 설치되어 있었는데 무슨 용도인지는 알 수가 없었다.

"여긴 뭐 하는 곳이지?"

그때 실내를 돌아다니면서 구경하던 호선이 선실 뒤쪽 바닥에 뚫려 있는 네모난 구멍 아래를 들여다보며 호기심 어린 표정을 지었다.

호리는 호선 옆으로 다가가 아래를 굽어보다가 가볍게 놀라면서 눈을 약간 크게 떴다.

구멍에는 아래로 비스듬히 뻗은 나무 계단이 있었고, 뚜껑이 있는데 지금은 열려서 뒤로 젖혀져 있는 상태였다. 뚜껑을 닫으면 선실 바닥이 되는 것인데, 원래는 닫혀 있어서 호리가 발견하지 못했던 것이다.

호리는 기대 어린 표정으로 계단을 내려가면서 왜 배의 아랫부분에서 난간까지가 다른 배에 비해서 훨씬 높았는지 조금쯤은 알 것 같다는 생각이 들었다.

일곱 개의 계단을 다 내려온 호리는 그곳에 펼쳐져 있는 광경 때문에 자신도 모르게 입이 벌어졌다.

"와아! 너무 멋져!"

뒤따라 내려온 호선이 주위를 둘러보다가 탄성을 터뜨리며 호들갑을 떨었다.

그곳에 벌어져 있는 놀라운 광경은 과연 그녀가 호들갑을 떨 수밖에 없을 정도였다.

그곳에는 웬만한 집의 실내를 고스란히 옮겨다 놓은 것 같은 구조가 펼쳐져 있었다.

호리와 호선이 서 있는 계단 아래 양쪽에 각각 하나씩의 방이 마주 보고 있었고, 그곳에서 앞쪽으로 폭 반 장가량의 통로를 지나면 갑자기 확 넓어진 공간이 나오는데, 그곳에 붙박이 탁자와 주방 시설, 즉 주방 겸 거실이, 그리고 더 앞쪽에는 두 개의 방이 더 있었다.

주방 겸 거실은 꽤 넓었다. 한쪽 벽에 주방 시설이 있고, 복판에 커다란 탁자와 네 개의 의자가, 주방 반대편에는 바닥에서 두 자 높이의 넓은 마루가 놓여 있었다.

호리 일행이 네 명이라 주인이 네 개의 방을 만든 듯했다. 이로써 위의 선실에 짐을 어떻게 놓고 어디에서 자야 하는지를 염려하는 일은 말끔히 사라져 버렸다.

호리는 갑판 아래에 이런 별천지가 있을 줄은 꿈에도 상상하지 못했었다.

위에 있는 선실이 크고 넓어서 그럭저럭 생활할 수 있을 것이라고 생각하던 참이었다.

그런데 갑판 아래에 아예 한 채의 집을 꾸며 놓은 것을 발견했으니, 그 흡족함이야말로 설명하기 어려웠다.

단지 한 가지 흠이 있다면, 계단 입구를 통해서 들어오는 빛뿐이라서 대낮에도 이곳이 어두컴컴하다는 사실이었다.

그러나 그 정도는 충분히 감내할 수 있었다. 천장에 유등을 켜놓으면 해결될 일이었다.

척!

호리는 계단 양쪽에 마주 보고 있는 두 개의 방 중에서 한 곳을 열어 보았다.

실내가 너무 어두워서 방문을 활짝 열자 방 안의 광경이 어렴풋이 시야에 들어왔다.

폭 일곱 자에 길이 일 장가량의 직사각형 방이었으며, 맞은편 벽 쪽에 나무 침상이 만들어져 있었다. 속도를 높이기 위해서 배의 폭을 좁게 제작했기 때문에 방의 폭이 좁은 대신 길이는 꽤 길었다.

작은 방이지만 호리 일행 네 사람이 항해 중에 각기 자신의 방을 갖고 그곳에서 생활할 수 있다는 사실은 넘치는 호사라고 할 수 있었다.

방 안에도 호선이 따라 들어와 호기심 어린 표정으로 여기저기 살펴보았다.

호리에겐 실내가 어두컴컴하지만 공력이 있는 호선에겐

대낮처럼 잘 보였다.

"이것은 창문 같은데?"

덜컥!

호선이 침상 머리 쪽 얼굴 높이의 벽을 밀자 머리 하나 크기의 둥근 공간이 생겼고, 갑자기 그곳을 통해서 밝은 빛이 쏟아져 들어와서 실내는 즉시 환해졌다. 그녀의 말대로 그것은 창이었다.

실내 안쪽 내벽에 네모난 구멍을 내고, 선체 바깥쪽 외벽에 구멍보다 조금 더 큰 덮개를 만들어서 창을 여닫게 했으며, 접철(摺鐵)과 고리를 달아서 실내에서 창문을 견고하게 닫을 수 있게 장치를 만들었다.

더구나 안쪽에 철판으로 만든 덮개가 하나 더 있어서, 그것을 닫아 잠가 버린다면 밖에서는 무슨 수를 써도 절대 침입하지 못할 것 같았다.

설혹 누군가 강력한 힘으로 이중의 문을 부순다고 해도 구멍이 워낙 작아서 어린아이라고 해도 어깨가 걸려서 들어오기가 쉽지 않을 듯했다.

네 개의 방은 크기와 구조가 모두 똑같았고, 주방 겸 거실에도 양쪽에 하나씩의 창이 나 있어서 낮에는 창을 열어놓으면 조금도 어둡지 않을 듯했다.

그곳을 다 둘러본 호리는 다시 처음에 내려왔던 계단 쪽으로 갔다. 계단을 내려오자마자 정면, 그러니까 배의 뒤쪽에 하나의 방문이 있는 것을 봤었던 것이다.

방문 앞 바닥에 약간 움푹 꺼진 뚜껑 같은 것이 있고, 그곳에 하나의 쇠고리가 부착되어 있는 것이 눈에 띄었다. 아래쪽에 무언가 있는 것 같았지만 우선 방부터 보기로 했다.

방문을 열어보니 그저 하나의 커다란 방이었다. 양쪽의 방 두 개와 계단참의 공간을 합친 정도의 매우 큰 방이었다. 그곳에는 양쪽에 두 개의 창만 있었는데 여러 용도로 사용할 수 있을 것 같았다.

"여기 통로가 있어."

이번에도 역시 호선이 그 방의 방문과 마주 보는 뒷벽에서 밖으로 뚫린 통로 하나를 발견했다.

그긍!

통로의 안쪽에서 잡아당겨서 열게끔 되어 있는데 꽤 두꺼운 철문이었다.

그것을 묵직하게 잡아당기자 예의 환한 햇살이 눈부시게 쏟아져 들어왔다.

한 사람이 여유 있게 드나들 수 있을 정도의 공간이었다.

호리가 상체를 내밀어서 살펴보자 그곳은 배의 가장 뒤쪽으로 아래에서는 수면의 물이 찰랑이고 있었고, 위쪽은 바로 고물이었다.

또한 위로 향한 폭 좁은 네 칸짜리 사다리가 부착되어 있어서 거실 쪽의 계단을 통하지 않고서도 이곳에서 배의 고물로 오를 수가 있었다.

만약 배에 침입자가 있거나, 계단을 통해서 밖으로 나갈 수 없는 상황에서는 비상용으로 제격일 것 같았다.

척!

호리는 방문을 닫고 나와 조금 전에 보았던 방문 앞 바닥에 고정되어 있는 쇠고리를 잡아당겼다.

그 아래에 또 하나의 공간이 나타났고, 그 밑에 다시 네 칸짜리 짧은 계단이 놓여 있었다.

그곳은 배의 가장 밑바닥이었다. 배의 골격이 아래를 향해 큰 곡선을 이루며 굽어 있는데, 그 위에 마루처럼 두꺼운 널빤지를 깔아 공간으로 활용할 수 있게 만든 것이다.

그곳은 배의 맨 뒤에서부터 앞쪽 끝까지 한 칸으로 커다랗게 탁 트여 있었으나 가슴 높이라서 허리를 굽혀야만 움직이는 것이 가능했다.

또한 창이 한 군데도 없고, 입구를 통해서 들어온 빛이 전부라서 몹시 어두웠다.

저벅저벅—

호리와 호선은 그곳을 가로질러 맨 앞쪽으로 걸어갔다.

"여기, 또 통로야."

드극!

맨 앞쪽에서 호선이 천장에 나 있는 또 하나의 통로를 열었다.

그곳으로 올라가니 중간층 앞쪽에 있는 두 개의 방 사이 통로로 올라올 수 있었다.

"술래잡기하기 딱 좋겠어!"

거실로 걸어가는 호리를 따르면서 호선이 손뼉을 치며 어린아이처럼 깡충깡충 뛰며 좋아했다.

호리는 배의 구조가 너무나 마음에 들었다. 하지만 배의 기능은 이동 수단, 즉 항해에 있다. 얼마나 빨리 갈 수 있느냐가 관건인 것이다.

거실과 주방, 방 따위의 편의 시설이 아무리 잘 갖추어져 있다고 해도 빠르지 못하다면 무용지물인 것이다.

그럴 바에야 차라리 육지에 번듯한 집을 얻어서 사는 편이 좋을 터이다.

선실로 올라오니 밖에서 철웅과 은초가 부산하게 오가면서 떠드는 소리가 들렸다.

"호리야! 돛이 세 개나 되는데 아무리 힘을 줘도 펼쳐지지가 않는다! 꿈쩍할 생각을 안 해!"

호리와 호선이 밖으로 나가서 세 개의 돛을 둘러보고 있는데 철웅이 울상을 지었다.

돛에 이어서 고물을 살피던 호리의 낯빛이 흐려졌다. 배의
방향을 잡는 타주마저도 없었다.

그러나 그는 곧 어떻게 된 일인지 짐작해 냈다. 선실에 있
는 기둥과 네 개의 크고 작은 활차가 이 배를 조종하는 장치
일 것이라고 간파한 것이다.

그리고 그의 짐작은 곧 사실로 드러났다. 선실에 있는 네
개의 활차가 바로 돛을 움직이는 조종 장치였다.

네 개의 활차에는 각각 밧줄이 칭칭 감겨 있었다. 그리고 그
밧줄들은 각기 천장에 나란히 부착되어 있는 네 개의 철관(鐵
管) 속으로 이어졌으며, 그 철관들은 선실 앞 벽을 통해 밖으
로 연결되어 있었다.

철관들은 선실 지붕을 향해 수직으로 꺾인 후에 끝났는데,
그곳에서 나온 네 가닥의 밧줄이 배의 이물에서부터 고물까
지 뻗어 나가 돛에 연결되었다.

호리는 선실 안을 둘러보았다. 배를 이 정도로 세심하게 만
든 선창 주인이라면, 돛이 펼쳐지는지의 여부를 일일이 밖에
나가지 않고 선실 안에서도 확인할 수 있게끔 안배를 했을 것
이라는 생각이 들었다.

문득 그는 선실 벽의 눈높이에 작고 둥근 고리가 매달려 있
는 것을 발견했다.

아니, 고리는 실내의 벽을 빙 둘러 두 자 간격으로 벽에 나

란히 매달려 있었다.

스륵!

고리 하나를 잡아당기자 가로 두 자, 세로 한 자가량의 공
간이 안쪽 위로 열리면서 들려 올려졌다.

그것은 창이었다. 창문을 완전히 위로 젖히면 그곳에 고리
를 걸어 고정시킬 수 있는 못이 튀어나와 있었다.

호리가 차례로 창을 열어 고리를 위에 거는 것을 본 호선이
자기도 따라서 거들었다.

빙 둘러 이십여 개의 창을 모두 열자 가슴에서 눈높이까지
의 사방이 시원하게 뻥 뚫렸다.

호리는 혹시 하는 생각에 실내의 천장을 쳐다보았다.

역시 그곳에도 손잡이가 하나 있었다.

드르륵!

미닫이로 되어 있는 그것을 천장 뒤쪽으로 잡아당기듯이
밀자 천장의 앞쪽 삼분의 일가량이 통째로 활짝 열렸다. 그리
고 그곳을 통해서 세 개의 돛이 훤히 보였다.

호리는 배의 옆구리 양쪽과 고물에 노가 있는 것을 봤었다.
바람이 없는 곳에서는 세 사람이 세 곳에서 동시에 노를 저을
수 있도록 한 것인데, 그럴 경우 꽤나 빠를 듯했다.

호리는 칠웅, 은초와 함께 새 배를 저어 천천히 포구를 빠
져나가기 시작했다.

호리가 무심코 선창 쪽을 돌아보니 갑선거 옆 언덕에 선창 주인이 서서 이쪽을 바라보고 있었다.

피곤하다면서 술 한잔 마시고 집에 들어가 잔다고 하더니 아마도 줄곧 배를 지켜보고 있었던 것 같았다.

호리는 슬쩍 손을 들어 올려 아는 체를 해주었다. 그러자 주인도 한 손을 들어 화답을 했다.

선실 안 앞쪽에 있는 네 개의 활차에는 각기 일, 이, 삼, 사라는 번호가 뚜렷하게 새겨져 있었다.

호리가 지그시 힘을 주어 일, 이, 삼. 세 개의 활차에 감겨 있는 밧줄을 감자 중앙 돛 대장과 앞뒤의 돛 전장, 후장 세 개가 차례로 펼쳐졌다.

때마침 불어오는 남풍을 받아 세 개의 돛 삼장범(三檣帆)이 활처럼 휘어지며 팽팽하게 부풀더니 갑자기 배가 마치 쏘아 낸 화살처럼 바다 위를 미끄러지기 시작했다.

활차 옆면에는 밧줄을 묶을 수 있는 고리가 있어서 돛의 펼친 크기를 자유자재로 조절할 수가 있었다.

호리는 배가 상상외로 빨라서 일단 활차를 다 풀어 돛을 거두어서 배를 멈추었다.

그런데 문제는 사(四)라는 숫자가 새겨져 있는 활차였다.

호리는 앞쪽을 보았다. 천장에서 두 개의 밧줄이 앞쪽으로 뻗어 내려 하나는 전장 아래로 이어졌는데, 또 하나는 선수 쪽으로 뻗어 그곳에 가슴 높이로 솟아 있는 기둥의 아래쪽으로 이어져 있었다.

처음부터 배의 맨 앞쪽인 선수에 하나의 기둥이 튀어나와 있는 것을 이상하게 여겼던 호리다.

드르르—

천천히 사 번 활차를 감아보았다.

그러자 선수 쪽 기둥 아래에서 작은 돛이 스르르 올라와 펼쳐지는 것이 아닌가.

그 기둥 아래 바닥에는 가로로 틈이 있었는데, 그 속에 돛이 감추어져 있었던 것이다.

만약 돛이 바닥 위로 드러나 있었으면 지나다니는데 꽤나 불편했을 것이다.

또한 배가 전속력으로 달릴 경우에 돛이 바닥에 노출되어 있으면 운항에 지장을 주거나 부러질 수 있기 때문에 그것을 방지하기 위한 배려였다. 선창의 주인은 세심하게 그런 것까지 신경을 써주었다.

"뭐야, 저건?"

은초가 어이없는 얼굴로 작은 돛을 보며 외쳤다.

칠웅이 흐뭇한 미소를 지으며 대답했다.

"소장범(小樟帆) 혹은 수풍범(首風帆)이라고 하는 돛인데,

아주 천천히 갈 때 펼치는 거야."

그는 자신이 어려운 말로 은초를 가르쳤다는 사실에 매우 흐뭇한 표정을 지었다.

그러나 사실 철웅은 글을 읽을 줄도 쓸 줄도 모르는 일자무식 까막눈이다. 그는 예전에 큰 장삿배에서 잡일꾼으로 일 년 동안 일했던 적이 있는데, 배에 대한 지식은 그때 주워들은 것들이었다.

호리는 자신이 요구했던 것보다 훨씬 마음에 드는 배를 갖게 됐다는 사실에 기분이 좋았다. 그래서 어쩐지 일이 잘 풀릴 것 같은 예감이 들었다.

"철웅아, 이곳에서 반 시진 정도 배를 몰아본 후에 어느 정도 익숙해지면 출발하도록 하자."

호리의 말에 철웅이 히죽 웃었다.

"급하지 않아?"

호리와 은초는 십팔 세 동갑내기지만 철웅은 두 사람보다 두 살 많은 이십 세다.

그런데도 불구하고 그는 부득부득 호리, 은초와 친구처럼 지내기를 원했다.

"급하지."

"그럼 가면서 연습하지 뭐. 여긴 좁아터진 운하도 아니잖아?"

호리는 철웅의 탁월한 배 모는 솜씨를 잘 알고 있다. 더구나 그의 말처럼 여긴 드넓은 바다가 아닌가. 어떻게 연습하든 부딪치거나 전복될 위험은 없을 터이다.

"좋아! 출발한다!"

호리의 호령에 철웅이 씩씩하게 외쳐 물었다.

"궁주(宮主)! 호리궁이 갈 방향을 말해주십시오!"

철웅과 은초는 호리가 호리궁의 주인이라면서 가끔 '궁주'라고 부르며 우스갯소리를 하곤 했었다.

또한 이 배의 이름 역시 호리궁을 물려받은 것으로 자연스럽게 정해졌다.

"북으로!"

"북으로!"

철웅이 복창하면서 네 개의 활차 오른쪽, 즉 선실의 맨 앞 한복판에 있는 바닥에서 솟은 굵직한 나무 기둥을 한 손으로 잡고 능숙하게 크게 왼쪽으로 꺾었다.

그러자 배가 왼쪽으로 크게 선회하더니 이윽고 북쪽으로 방향을 잡았다.

그 나무 기둥은 원래 방향타인 타주였다. 맨 윗부분에는 가로로 누 뼘 길이의 나무 막대가 가로질러져 있어서 손으로 잡고 조종하기에 편했다.

네 개의 돛을 조종하는 네 개의 활차와 타주가 모두 선실 안에 있기 때문에 굳이 밖에 나갈 필요가 없었다. 모든 것이 간단한 손동작만으로 이루어졌다.

드르르—

철웅이 재빠른 솜씨로 나머지 세 개의 돛마저 모두 펼쳤다.

촤아아—

네 개의 돛을 모두 펼친 상태에서의 배는 감탄이 절로 튀어나올 만큼 빨랐다.

호리와 호선, 은초는 타주를 굳게 잡고 있는 철웅 뒤에 나란히 서서 전면을 주시했다.

"그런데⋯⋯."

그때 호선이 호리의 팔을 잡으면서 조심스럽게 입을 열었다.

"술은 언제 또 사줄 거야?"

호리가 조용한 어조로 반문했다.

"우리 모두 하는 일이 있는데, 호선 너는 이 배에서 무슨 일을 할 거지?"

"나는⋯⋯."

호선은 호리 앞에 서서 그를 마주 바라보며 씩씩하게 말했다.

"뭐든지 시켜만 줘! 다 할 수 있어!"

호리는 미소를 지으면서 고개를 끄덕였다.

"좋아. 이제부터 넌 우리에게 무술을 가르쳐 줘. 그럼 술을
사주겠어."

"난 무술 모르는데?"

"생각날 때가 있을 거야."

"생각이 안 나면?"

"그럼 술을 마시지 못하는 거지."

"음……."

쌀쌀한 바닷바람이 네 사람의 머리카락과 옷자락을 날렸
지만, 아무도 추위를 느끼지 못했다.

第十三章
파란중첩(波瀾重疊)

一攫千金
鄭乞
貝者坤

감포 선창을 떠난 지 만 하루가 지나고 있었다.

은초와 철웅이 다시 '호리궁' 이라고 명명한 새 배는 밤새 쉬지 않고 달려서 동틀 녘에는 동해로 진입했다.

이후 미시(未時：오후 2시)가 되어가고 있는 지금은 뱃사람들에게 악명이 높은 동사천탄(銅沙淺灘)에 막 들어서고 있는 중이었다.

놀랍게도 하루 만에 바닷길로 이백여 리를 단숨에 달려온 것이다.

만약 다른 배였다면 겨우 백여 리 남짓 왔을 텐데, 과연 호리궁은 지독하게 빨랐다.

강소성 남애(南涯) 앞바다에 사방 백여 리의 넓이로 펼쳐져 있는 것이 바로 동사천탄이다.

동사천탄 전체에 걸쳐서 구리처럼 단단한 바위로 이루어진 작은 무인도와 암초들이 마치 백사장의 모래알처럼 펼쳐진데다가 수심이 몹시 얕고 해류가 급류처럼 거칠어서 붙여진 이름이었다.

바다를 잘 알고 있는 뱃사람들이라고 해도 절대 동사천탄에는 들어서지 않는다.

들어섰다 하면 십중팔구 빠른 물살에 갈팡질팡하다가 암초에 부딪쳐서 침몰당하기 십상이기 때문이었다.

그런데 이곳 해역에 대해서 아무것도 모르는 호리궁은 순식간에 파도가 들끓는 암초 해역으로 들어서고 말았다.

타주를 잡은 철웅은 갑자기 돌변한 상황에 바짝 긴장하여 극도로 신경이 곤두섰다.

그것도 모르는 채 호리와 은초, 호선은 중간층에서 앞으로의 계획을 상의하고 있는 중이었다.

철웅은 그들을 방해하고 싶지가 않았다. 그래서 어떻게 해서든지 자기 혼자 힘으로 이곳을 헤쳐서 빠져나가 봐야겠다고 생각했다.

그러나 그는 동사천탄이 얼마나 위험한 해역인지 조금도

모르고 있었다.

쿵!

그 순간 호리궁 선수 옆 부분이 암초에 부딪치면서 배 전체가 크게 진동했다.

"호리야!"

소스라치게 놀란 철웅은 자신도 모르게 벼락같이 비명을 지르듯 소리쳤다.

방금 전까지만 해도 혼자 힘으로 빠져나가 보겠다고 하던 생각 따윈 이미 저만치 달아나 버렸다.

배의 진동과 철웅의 외침에 놀란 호리와 호선; 은초가 우르르 선실로 뛰어 올라왔다.

"무슨 일이야?"

은초가 다급히 물었다.

그러나 호리는 열어젖힌 선실 앞쪽의 창을 통해서 이미 바다의 상황을 발견하고 어떻게 된 일인지 간파했다.

"돛을 후장 하나만 남기고 모두 내려!"

호리가 달려들어 대장의 활차를 감고 있는 중에 은초와 호선도 재빨리 전장과 소장범의 활차를 감았다.

배의 속도가 너무 빨라서는 이 거친 암초 해역을 통과할 수 없다고 판단한 것이다. 속도가 느려지면 어떻게든 방법을 생각할 수 있을 터이다.

"호선아! 창을 모두 열어! 은초! 너는 나를 따라 나오고!"

이어서 호리는 재빨리 호선에게 지시하고 쏜살같이 선실 밖으로 달려나갔다.

네 개의 돛 중에서 가장 뒤의 후장만 펴게 한 것은 배의 속도를 늦추는 한편 전방의 돛을 거두어서 시야를 확보하기 위함이었다.

"너는 우측을 봐라! 특히 물속의 암초를 잘 봐!"

호리는 배의 앞머리 왼쪽 난간을 붙잡고 은초에게 오른쪽을 가리키며 외쳤다.

하늘은 구름 한 점 없이 화창하기만 한데 이곳 해역은 마치 폭풍우가 몰아치는 것처럼 들끓고 있었다.

타주를 잡고 있는 철웅의 시야에는 사각지대가 있다. 선실 앞쪽 갑판에 가려서 보이지 않는 부분, 즉 배를 중심으로 전방은 삼 장, 좌우는 이 장이다.

물체가 배 높이보다 크고 높이 솟아 있다면 보일 텐데 그보다 작으면 보이지 않는 것이다.

또한 아무리 선실에서 시계(視界)가 확보됐다고 해도 수면 밖으로 드러나지 않은 채 물속에 도사리고 있는 암초를 선실에서 육안으로 발견할 수는 없었다.

사실은 눈에 보이는 바위보다 물속에 웅크린 채 드러나지 않은 암초가 더 위험한 존재였다.

"전방 좌현 삼 장 거리에 암초다!"

순간 호리가 팔을 뻗어 전방의 왼쪽을 가리키면서 철웅을 보며 급히 외쳤다.

철웅은 호리가 가리키는 방향에서 암초를 발견하지 못했다.

그렇지만 즉시 타주를 오른쪽으로 꺾었다.

호리가 암초를 발견하여 가리키면서 외치고, 철웅이 타주를 꺾은 직후 배가 암초를 피해서 스쳐 지나기까지는 두 호흡 정도의 짧은 시각이 소요됐다.

"전방 우현에 암초 두 개!"

호리가 가리켰던 암초를 피하자마자 이번에는 은초가 다급하게 소리치며 바다를 향해 팔을 뻗었다.

그것 역시 철웅에겐 보이지 않았다. 그는 은초가 가리킨 방향을 보며 재빨리 타주를 왼쪽으로 꺾었다.

"위험해! 더 꺾어!"

순간 은초가 팔을 왼쪽으로 맹렬하게 휘저으면서 미친 듯이 악을 썼다.

철웅은 화들짝 놀라 황급히 타주를 더 꺾었다. 얼마나 더 꺾어야 하는지 모르는 철웅으로서는 반은 감각에, 반은 운에 맡길 수밖에 없었다.

"전방 좌현에 암초!"

아직 은초가 가리킨 오른쪽 두 개의 암초를 피한 것 같지도 않은 상황에서 이번에는 호리가 거의 전방에 가까운 왼쪽 바다를 가리키며 소리쳤다.

그러자 철웅은 차츰 당황하기 시작했다. 그는 다급히 타주를 오른쪽으로 꺾었다.

"너무 꺾었다! 다시 조금만 더 왼쪽으로!"

은초가 소스라치게 놀라 상체를 거의 난간 밖 아래로 내민 상태에서 전방의 암초를 쏘아보며 미친 듯이 팔을 왼쪽으로 휘저었다.

철웅은 은초의 외침이 떨어지자마자 타주를 살짝 왼쪽으로 꺾었다가 반 호흡쯤 지나 다시 오른쪽으로 꺾었다. 나름대로 머릿속에서 보이지 않는 암초의 방향과 배의 속도를 계산하는 것이었다.

그것으로써 좌우 세 개의 암초를 모두 피했다.

호리는 초조한 표정으로 전방의 바다를 멀리 바라보았다.

끝이 없을 듯 펼쳐져 있는 크고 작은 수많은 바위섬과 암초 사이에서 호리궁보다 높은 파도들이 포말을 일으키며 으르렁거리는 광경이 한눈에 들어왔다.

꿈속에서조차 지옥을 본 적은 없지만, 지옥이 존재한다면 바로 이곳일 것 같았다.

극도로 긴장한 표정의 호리는 자신이 맡은 왼쪽 바다를 잠시 쏘아보다가 그 해역에는 암초가 없음을 확인하고는 부리나케 선실 앞으로 달려왔다.

그는 선실 밖 철웅 앞에 그를 등지고 서서 왼팔을 곧게 쭉 뻗어 정면을 가리키며 외쳤다.

"철웅아! 북쪽, 즉 정면이 정일(正一)이다!"

이어서 정면을 시작으로 해서 왼팔을 왼쪽으로 조금씩 켜 켜이 자르듯이 이동하다가 마지막 다섯 번째에는 정좌측(正左側) 서쪽을 가리켰다.

"좌이(左二)! 좌삼! 좌사! 좌오! 좌육이다! 알아들어?"

"알았어!"

"오른쪽도 마찬가지다! 처음에는 암초의 위치를! 다음에 거리를 외친다!"

무작정 '왼쪽에 암초!', '오른쪽에 암초!' 라고 떠들어대면 보이지 않는 철웅으로서는 정확히 어디에 암초가 있는지 모른 상태에서 순전히 감각으로 배를 조종하게 된다. 위험천만한 일이 아닐 수 없다.

그것을 호리가 정면에서 정좌측, 그리고 정우측까지를 다섯 등분으로 쪼갠 것이다.

"나도 들었어!"

호리가 다시 자신의 자리로 돌아갈 때 은초가 소리쳤다

"우이! 이 반에 대형 암초!"

은초가 다급히 외쳤다. 오른쪽을 다섯으로 나눈 방위의 두 번째 이 장 반 거리에 암초가 있다는 뜻이다.

"좌삼! 삼 반!"

뒤이어 호리가 다급하게 외쳤다.

철웅은 두 눈을 부릅뜨고 전방과 좌우를 날카롭게 주시하면서 머릿속으로 나름대로의 각도를 그리고 계산하면서 타주를 좌우로 빠르게 움직였다.

과연 호리가 방향을 쪼갠 것은 큰 효과가 있었다.

이들 세 사람은 항해술에 대해서는 문외한이지만, 나름대로의 항해술을 체득하고 있는 중이었다.

호리와 은초는 바짝 긴장한 채 바다를 쏘아보며 연신 암초의 위치를 외쳐 댔고, 그때마다 철웅은 기민하게 타주를 움직여 암초를 피해갔다.

그렇지만 그러는 와중에 호리궁은 동사천탄 속으로 점점 더 깊숙이 들어가고 있었다.

조금만 고생하면 암초 해역이 곧 끝날 줄 알았는데 시간이 지날수록 암초와 바위섬들은 더욱 많아졌고, 물살과 파도는 미친 듯이 들끓었다.

"일 사! 좌이 이 반! 좌삼 삼!"

"우사 삼 반! 우이 삼! 우일 이 반!"

그때 호리와 은초가 거의 동시에 외쳤다.

일순 호리는 움찔했다. 방금 자신과 은초가 외친 대로라면 전면과 좌우에 암초들이 부챗살처럼 쫙 깔렸다는 뜻이다. 즉, 배가 뒤로 가지 않는 이상 암초와 충돌하고 말 일촉즉발의 상황이었다.

급히 철웅을 쳐다보자 아니나 다를까 그의 얼굴에 당황한 표정이 역력하게 떠올랐다.

호리와 은초가 불러준 좌표를 머릿속으로 그리다가 마구 헝클어져 버린 것이다.

'이대로 가다가는 끝장이다!'

사매 연지를 구하기는커녕 낙양에는 발도 디뎌보지 못하고 바다에 수장될 수는 없었다.

호리는 즉시 선수의 소장범 돛대를 등진 채 우뚝 서서 눈을 부릅뜨고 전면과 좌우를 날카롭게 살폈다.

그가 서 있는 곳은 호리궁의 맨 앞쪽, 그곳에서 한 걸음만 내디디면 그대로 바다에 추락하고 말 것이다.

"철웅아! 내가 지시하는 대로 조종을 해라!"

그는 다급히 외친 후 재빨리 바다를 좌에서 우로 날카롭게 훑어보았다.

"좌이!"

철웅이 정신을 바짝 차리고 타주를 왼쪽으로 조금 좌이만큼 꺾었다.

호리궁은 육지에서 남자 어른이 전력을 다해서 달리는 속도 정도로 나아가면서 선수를 슬쩍 좌로 틀었다.

호리의 외침이 계속 이어졌다.

"우삼! 우이! 좌사!"

그의 목소리는 갈수록 침착해졌다.

철웅은 호리의 외침에만 전적으로 의존한 채 타주를 좌우로 꺾기를 반복했다.

어느덧 호리궁은 동사천탄의 거의 한복판에 도달해 있었고 상황은 더욱 심각해졌다.

"정일! 우삼! 좌이! 우이! 정일! 좌삼!"

모두들 동서남북의 방위를 잊은 지는 이미 오래다. 더구나 호리궁이 어디로 가고 있는지도 몰랐다.

그저 무조건 암초만을 피하기 위해서 혼신의 노력을 다 쏟아내고 있을 뿐이었다.

"……!"

그런데 어느 한순간 끊임없이 이어지던 호리의 외침이 뚝 끊어지고 갑자기 적막이 흘렀다.

전방을 주시하고 있는 그의 두 눈이 찢어질 듯이 부릅떠졌고, 얼굴에는 경악이 가득 떠올랐다.

"호… 리야……."

뒤에 서 있는 은초가 겁에 질린 목소리를 흘려냈다.

전진하고 있는 호리궁 전방에 펼쳐져 있는 것은 거의 얕은

냇물이나 다름이 없는 광경이었다.

거대한 수중암초가 학이 양 날개를 활짝 펼친 것 같은 형상으로 호리궁을 맞이하고 있었다.

사람이 바다로 뛰어든다고 해도 깊어야 한 길도 채 되지 않을 듯했다.

그 수중암초를 향해 호리궁이 조금도 속도를 늦추지 않은 채 미끄러지듯이 다가가고 있는 것이다.

"후장을 내려!"

호리는 철웅에게 악을 쓰듯이 부르짖었다. 하지만 그것은 최후의 발악이었다.

호리궁과 수중암초와의 거리는 겨우 이 장 남짓에 불과했다. 그러므로 후장을 내리는 도중에 충돌하고 말 것이다. 설혹 후장을 내린다고 한들 관성에 의해서 나아가고 있는 호리궁을 어떻게 멈출 수 있겠는가.

새 호리궁 선수 부위에 청룡언월도를 부착했다지만 이런 상황에서는 무용지물일 뿐이다.

수중암초와 충돌하면 호리궁은 종잇장처럼 짓이겨져서 산산조각나고 말 것이다.

"으으… 빌어먹을!"

호리의 일굴이 참담하게 일그러지고 입에서는 씹어뱉는 듯한 중얼거림이 흘러나왔다.

철웅에게서는 수중암초가 보이지 않았다. 그러나 그는 아무 말도 하지 않은 채 석상처럼 굳어버린 호리를 보면서 사태가 절망적이라는 사실을 감지했다.

호리는 원래 포기나 절망, 후회 따위를 아예 모르는 성격이다. 그러나 지금 이 순간에는 단 한 조각의 희망도 품을 수가 없었다.

그는 흑도방이나 구사문에 쫓기더라도 왜 자신이 운하를 택하지 않은 것인지 후회스러웠다. 아니, 왜 육로를 놔두고 굳이 낙양까지 배로 이동을 하려고 고집을 부린 것인지 후회막급이었다.

인자한 사부와 수줍게 어여쁜 미소를 짓는 사매의 모습이 수중암초에 부서져 피어오르는 흰 포말 위로 떠올랐다.

호리는 자신이 죽는 것은 대수롭지 않았다. 사매를 구하지 못하고, 사부의 평생소원인 무도관을 지어주지 못하는 것이 못내 안타까울 뿐이었다.

휘익!

생애 최초의 절망에 빠져 있는 호리의 곁을 무언가 흐릿한 갈색의 물체 하나가 바람처럼 스쳐 지나 전방의 수중암초를 향해 쏘아갔다.

"모두 꼭 잡아!"

그리고 동시에 날카로운 소녀의 목소리가 거센 파도 소리

속에서 터져 나왔다.

호리는 움찔 몸을 떨며 약간 정신을 차렸다.

그렇다. 배가 수중암초와 충돌한다고 해서 반드시 침몰하라는 법은 없다. 아니, 설사 침몰하더라도 반드시 죽으라는 법은 없는 것이다.

살아야만 한다. 사부와 사매를 위해서 악착같이 돈을 모았던 것처럼, 지금은 악착같이 살아야 할 때인 것이다.

배가 부서지면 널빤지 조각이라도 붙잡아 육지까지 헤엄을 쳐서라도 기어코 살아남아야만 한다.

찰나의 순간, 생각이 거기에 미친 호리는 등을 대고 있던 소장범의 돛대를 두 팔로 힘껏 끌어안았다.

그 순간이었다.

쿵!

호리궁의 앞부분 아래쪽이 무언가와 충돌한 듯한 거센 충격과 진동이 배 전체를 휩쓸었다.

"아악!"

너무 놀란 나머지 조금 전 누군가의 외침을 제대로 인식하지 못해서 아무것도 붙잡지 않은 채 서 있던 은초의 몸이 가랑잎처럼 앞쪽 허공으로 날아갔다.

그렇지만 호리는 은초를 구해야겠다는 생각조차 할 수가 없는 상황이었다.

그는 돛을 두 팔로 힘껏 끌어안은 채 다음에 벌어질 사태에
대비해야만 했다.

배는 십중팔구 산산이 부서져서 흩어지거나, 그보다 조금
나은 형편이라고 해도 앞부분이 깨져서 침몰 혹은 선고(船高)
가 높기 때문에 충돌의 여파로 인해서 거꾸로 처박히듯이 옆
으로 쓰러질 것이다.

그런데 어떻게 된 일인지 잠시가 지나도록 아무 일도 벌어
지지 않았다.

그 대신 바다 쪽에서 꿈결처럼 아련하게 호선의 목소리가
들려왔다.

"호리야! 밧줄을 줘!"

호리는 여전히 돛대를 두 팔로 끌어안은 채 주위를 두리번
거렸지만 호선의 모습은 보이지 않았다.

"여기야! 어서 밧줄을 달라니까!"

호리는 그제야 자신의 발밑에서 호선의 목소리가 들려오
는 것을 깨달았다.

호선이 자신의 발밑에 있을 까닭이 없다고 생각하면서도
호리의 눈은 아래쪽을 향했다.

"……!"

그런데 거기에 호선이 있었다. 호리는 그녀를 발견하고 얼
굴 가득 경악지색이 떠올랐다. 자신이 헛것을 보고 있다는 생

각이 들었다.

호선은 수중암초의 가장자리에 수면에서 약간 솟아오른 돌을 두 발로 딛고 선 채 두 팔을 쭉 뻗어 호리궁의 앞부분에 대고 있었다.

처음에 호리가 호선을 발견했을 때의 느낌은 단지 그 정도가 전부였다.

그래서 왜 호선이 저기까지 내려가서 저런 자세를 취하고 있을까, 하는 의아한 생각이 들었다.

인간의 두뇌는 상식적인 범주 안에서만 생각하고 인식하는 데에 길들여져 있다.

그래서 이런 상식 밖의 일은, 더구나 지금과 같은 상황에서는 요령부득일 수밖에 없는 것이다.

그뿐 아니라 호리는 살아야겠다는 일념뿐 정신이 하나도 없는 상태였다.

"아!"

눈을 깜빡이면서 호선을 굽어보던 호리의 헝클어진 머릿속이 제자리를 잡아가는 어느 순간, 그는 크게 놀라 눈을 휘둥그렇게 떴다.

호선이 암초에 내려서서 두 손으로 배의 앞부분을 밀면서 버티고 있는 모습을 눈으로 뻔히 보고 있다가 뒤늦게야 왜 그런 자세로 있는지 이유를 깨달은 것이다.

그가 그런 광경을 보자마자 진실을 알아차리지 못한 이유 중에 하나는, 호선의 얼굴에 조금도 힘들지 않은 표정이 떠올라 있었고, 또 태연한 자세로 배에 두 손을 대고 있는 모습이라는 사실도 크게 한 몫을 했다.

'맙소사……!'

호리는 호선이 비단 배를 지탱하고 있을 뿐만 아니라, 방금 전 배가 수중암초와 충돌하기 직전에 바다로 뛰어내려 충돌을 막았다는 사실도 깨달았다.

호리는 퍼뜩 정신이 들었다. 호선은 그가 알고 있던 것보다 훨씬 더 엄청난 무림고수인 것이 분명했다.

그렇더라도 그녀가 오래 버티지는 못할 것이라는 생각이 들었다. 당장 무슨 조치를 취해야만 할 것이다.

"호선아! 조금만 더 버텨!"

호리가 힘을 북돋기 위해서 호선에게 소리치자 그녀는 의외로 태연했다.

"난 괜찮아. 전혀 힘들지 않아. 며칠이고 견딜 수는 있겠는데, 언제까지 이렇게 있을 수는 없잖겠어?"

힘들지 않다니, 그런데 정말 호선은 조금도 힘들어하는 모습이 아니라서 호리는 또 머릿속이 헝클어지려고 했다.

하지만 언제까지 저렇게 있을 수는 없지 않겠냐는 그녀의 말은 옳았다.

“철웅아! 어서 후장 내려!”

철웅은 아직도 어떤 상황인지 모르고 있는 듯했다. 그러나 굳이 알 필요도, 알려줄 상황도 아니었다.

문득 호리는 조금 전에 호선이 자신에게 밧줄을 달라고 말했던 것을 기억해 냈다.

“호선아! 밧줄은 뭐 하게?”

돌아온 대답 역시 호리의 머리로는 도저히 이해 불가능한 것이었다.

“호리궁을 여기서 끌고 나가야겠어!”

호리는 자신의 상식으로 호선을 이해하려는 것이 얼마나 무모한 짓인지를 다시 한 번 절감했다.

그러나 호선이 그를 실망시켰던 적은 없었다. 필경 지금도 그럴 것이다.

캄캄한 암흑 속에서 호선이라는 존재가 희미한 등불이 되어주고 있었다.

배를 받쳐 들고 훨훨 하늘을 날아가든지, 배를 단숨에 육지로 집어 던지든지, 무슨 말도 되지 않는 방법을 사용해도 좋으니까 부디 이 지옥 같은 동사천탄 한복판에서 빠져나가게 해수기만을 빌었다.

“밧줄은 될수록 긴 것이 좋을 것 같아!”

호리는 호선의 외침을 등 뒤로 들으면서 밧줄을 구하기 위해 선실 쪽으로 달려갔다.

"어푸! 으아아~! 호리야! 살려줘!"

그때 호선 뒤쪽 수중암초 한복판에서 은초가 물에 잠겼다 나왔다를 반복하면서 처절하게 비명을 질러댔다.

호선은 힐끗 뒤돌아보더니 냉랭하게 외쳤다.

"은초, 너! 당장 일어나서 이리 오지 못하겠어? 아니면 거기서 빠져 죽든가!"

"어… 어푸! 이 미친년아! 물에 빠진 사람더러 일어나라니! 네년이 제정신……."

은초는 눈을 희번덕이며 소리를 지르다가 말끝을 흐리며 멍한 표정을 지었다.

그는 멀뚱히 서서 자신의 발을 굽어보았다. 수심이 허벅지 정도에서 찰랑거리고 있었다.

족히 직경 수십 장에 이르는 커다란 수중암초는 수면 위로 돌출된 곳도 있지만, 대부분 수면 아래 겨우 한 자에서 두 자 깊이인데, 파도조차 없이 잔잔했다.

'으으… 난 이제 죽었다.'

물에 빠진 생쥐 꼬락서니인 은초는 자신이 익사하지 않고 살아났다는 안도감 같은 것은 조금도 느끼지 못했다. 그보다는 방금 자신이 호선에게 퍼부은 저주에 가까운 외침에 대한 후환 때문에 공포에 질려 버렸다.

'흐액? 쟤…… 지금 뭐… 하는 거야?'

그러다가 그는 호선이 두 손으로 호리궁을 잡은 채 버티고 있는 것을 발견하고 아예 거품을 물고 혼절할 것 같은 표정을 지었다.

그러나 그는 곧 현실로 되돌아갔다. 죽는 줄로만 알고 방금 전에 그녀에게 '미친년'이라면서 악을 써댔으니, 살아서 호선에게 당하느니 차라리 물에 빠져 익사하는 편이 좋았을 뻔했다고 약간 후회도 되는 은초였다.

휙!

"이 정도면 되겠어?"

호리가 밧줄 더미를 찾아와 호선에게 던졌다.

"어쩌려는 거야?"

호리가 선수에 엎드리다시피 한 자세로 호선을 굽어보면서 의아한 얼굴로 물었다.

돛을 완전히 내린 호리궁은 앞부분이 수중암초에 닿을 듯 말 듯한 상태로 떠 있었다. 수중암초군이 워낙 커서 이곳은 파도도 없고 잔잔했다.

호선은 선수 앞부분 철주(鐵柱)의 중간쯤에 있는 강철 고리에 밧줄을 묶으면서 태연하게 대답했다.

"끌고 가야지."

"끌어? 이 배를?"

호선은 순진무구한 표정으로 호리를 올려다보았다.

"끌면 안 돼? 그럼 뒤에서 밀까?"

그녀의 두 눈이 별빛처럼 초롱거렸다.

"……."

호리는 놀라고도 어이가 없어서 아예 할 말이 사라져 버렸다. 달리는 배를 맨손으로 정지시킨 그녀가 무엇을 못하랴 싶은 마음도 들긴 했다.

그렇지만 바다 한복판에서 이처럼 큰 배를 끌다니, 역시 호선은 불가해한 존재였다.

호리가 어이없는 표정을 짓고 있자 호선은 망설이는 듯한 표정을 지었다.

"끌어도, 밀어도 안 되는 거야? 그럼 더 좋은 방법이라도 있으면 말해봐!"

이런 최악의 상황에서 호리에게 더 좋은 방법 같은 것이 있을 리가 없다.

"좋을 대로 해."

"알았어!"

호선은 금세 신난다는 표정을 짓고 나서 어디로 갈 것인지 주위를 두리번거리다가 가까운 곳에서 은초가 눈치를 살피면서 쭈뼛거리며 서 있는 것을 발견했다.

"뭐 해? 여기에 있을 거야?"

"배, 배에 올라갈 겁니다……!"

"그럼 어서 타라."

은초는 조금 전에 자신이 호선에게 '미친년' 이라고 소리친 것 때문에 잔뜩 겁먹은 얼굴로 그 자리에서 머뭇거리고 있다가 이 참에 어떻게든 용서를 구해볼 양으로 이지렁스러운 표정을 지었다.

"헤헤… 아까 내가 한 말은 순전히 실수였습니다. 부디 용서하십시오. 네."

"덜 떨어진 놈."

은초가 이 정도까지 굽실거리면서 숙이고 들어오면 없던 알심이라도 생길 법한데, 호선은 가볍게 아미를 찌푸리며 오달지게 내뱉었다.

숫—

다음 순간 호선이 번개같이 은초에게 미끄러지듯이 다가가는 것 같더니 그의 멱살을 잡아 자신의 어깨 너머로 가볍게 집어 던졌다.

은초는 삼 장 거리에 있던 호선이 느닷없이 자신의 코앞에 불쑥 나타난 것을 발견했다.

"우왓!"

얼굴에 혼비백산한 표정을 떠올리기도 전에 그의 몸은 허공으로 둥실 떠올랐고, 그제야 비명성이 터져 나왔다.

하지만 그것은 호선이 그의 앞에 나타난 것에 대한 놀라움
일 뿐이지, 자신의 몸이 허공을 날고 있는 것에 대한 놀라움
은 아직 뇌가 자각하지 못하고 있는 상태였다.

은초가 아직 허공에 떠 있을 때 호선은 쏜살같이 왼쪽으로
신형을 날리며 외쳤다.

"다들 꼭 붙잡아!"

타앗!

호선은 수면 위로 약간 솟아난 바위를 딛고 수직으로 솟구
쳐 올랐다. 그러면서 그녀의 어깨에 둘둘 메고 있는 밧줄이
주르르 풀렸다.

호리는 호선이 수면에서 단번에 무려 오륙 장이나 솟구치
는 것을 보고 놀라서 눈을 크게 떴다.

그가 일전에 호선의 무공을 시험한답시고 나뭇가지 위에
뛰어올라 보라고 했을 때, 그녀는 호리가 가리켰던 이 장 높
이의 나무보다 일 장 더 높은 꼭대기 나뭇가지에 뛰어오른 적
이 있었다.

그런데 이제 보니까 당시의 호선은 전력을 다하지 않은 것
이었다.

그때 만약 호리가 더 높은 나무를 가리켰더라면, 호선은 그
마저도 단숨에 뛰어올랐을 것 같았다.

쿵!

“아이고! 나 죽는다!”

그때 은초가 하늘에서 쏜살같이 하강하더니 상갑판에 둔탁한 소리를 내면서 떨어졌다. 그는 등을 활처럼 휘면서 죽는다고 비명을 질러댔다.

호리는 허공 오륙 장 높이에 잠시 동안 정지한 상태에서 주변의 바다를 이리저리 살펴보고 있는 호선을 보면서, 이제 그녀가 어떤 신기(神技)를 발휘하더라도 놀라지 않겠다고 다짐을 했다.

그러나 정작 지금 이 순간에도 호선을 바라보는 그의 얼굴에는 크게 놀라는 표정이 가득 떠올라 있었다.

마치 갈매기가 날개를 활짝 편 채 바람을 이용하여 정지 비행을 하고 있는 것처럼, 허공중에 멈춰 있는 호선을 보고 놀라지 않을 재간이 없었다.

호선의 동작 하나하나를 놓치지 않으려는 듯 뚫어지게 주시하고 있는 그는 바로 옆에서 은초가 처절한 비명을 지르고 있다는 사실도 알지 못했다.

피잉!

그때 허공중에서 날카로운 파공음이 들렸다.

호리는 순간적으로 그게 무슨 소린지 알지 못하다가 허공중에 정지해 있던 호선이 전면을 향해 비스듬히 내리꽂히면서 쏘아가는 광경을 발견하고서야 그것이 밧줄이 팽팽하게 당겨지는 소리라는 사실을 깨달았다.

"모두 꼭 붙잡아라!"

호리는 외치면서 소장범 돛대를 힘껏 부둥켜안았다.

위이잉!

그때 호리궁의 앞머리가 왼쪽으로 휘익 돌면서 방향을 잡는가 싶더니 천천히 육중하게 움직이기 시작했다.

아니, 천천히 움직이는 것은 잠깐 동안뿐이었다. 배는 순식간에 속도를 높이더니 어느새 돛 네 개를 활짝 펼치고 달릴 때보다 더 빠르게 쏘아가고 있었다.

조금 전에 호리는 호선에게 더 이상 놀라지 않겠다고 다심하고서도 지금 자신의 눈으로 보고 있는 광경 때문에 놀라지 않을 수가 없었다.

이 정도 크기의 배라면 최소한 삼천 근 이상은 족히 나간다. 그런데다가 호리궁은 전체에 철판을 둘렀으니 못 나가도 삼천오백 근은 나갈 터이다.

그런데도 호선은 밧줄을 턱 어깨에 걸쳐 메고는 조금도 힘들이는 것 같지 않은 모습으로 호리궁을 끌고 있었다.

호리는 호리궁의 소장범 돛대에 등을 대고 두 팔을 뒤로 돌려 돛대를 붙잡은 채 호선과 배 앞부분 아래쪽을 번갈아 쳐다보기에 여념이 없었다.

행여 배 앞부분이 암초와 충돌하지 않을까 걱정해서였는

데, 그런 일은 벌어지지 않았다.

철웅과 은초는 아예 꿈을 꾸는 듯 몽롱한 표정이었다. 그들은 사람이 바다에서 밧줄로 배를 끌었다는 얘기는 전설에서조차도 들어본 적이 없었다.

두 사람은 지금 자신들의 눈앞에서 벌어지고 있는 광경이 꿈인지 생시인지 구별을 못하고 있었다.

호선이 배를 끌 수 있는 것은 그녀에게 높은 공력이 있으며, 이곳이 암초지대이기 때문에 가능한 일이었다.

그녀는 가끔씩 높이 솟구쳐 올라서 전방의 상황, 즉 배를 몰고 갈 방향과 자신이 내려설 위치를 빠르고도 정확하게 확인한 다음, 비스듬히 내리꽂혀 수면 위로 솟아오른 작은 암초를 살짝 딛고는 다음 암초까지 짧게는 삼사 장, 길게는 칠팔 장씩을 비조처럼 쏘아가면서 배를 끌었다.

그러면서 그녀는 자신에게 이처럼 놀라운 능력이 있다는 사실을 깨달으면서 스스로도 놀라고 있었다.

그러는 한편 또 얼마나 더 대단한 능력이 자신에게 있는지 시험해 보고 싶은 마음이 생겨서 더욱 멀리 날고 높게 솟구치면서 호리궁을 끌었다.

그것은 마치 새끼가 아닌, 처음부터 백수의 왕 맹호로 태어난 존재가 자신의 능력을 시험하고 있는 것과 같았다.

第十四章
침몰(沈沒)

호선이 가볍게 호리궁의 상갑판 호리 옆에 내려섰다.

호리궁은 동사천탄의 암초지대를 완전히 벗어나 고요하고 넓은 바다에 떠 있었다.

철웅과 은초가 앞 다투어 호리와 호선 주위로 달려들었다.

크고 작음의 차이는 있지만 호리와 철웅, 은초는 호선을 에워싼 채 경탄의 표정을 짓고 있었다.

철웅과 은초는 아직도 비몽사몽 중이라서 뭐라고 입을 열어 표현을 하지도 못한 채 마치 호선이 신선이라도 되는 것처럼 쳐다볼 뿐이었다.

"에이! 젖었잖아!"

그러나 호선은 파도 때문에 발이 젖었다고 바닥에 발을 콩콩 구르면서 투덜거렸다.

그렇지만 그녀는 왼발이 발목까지 빠졌을 뿐 온몸에 물 한 방울 튀지 않은 모습이었다.

그러다가 세 남자가 빙 둘러서 자신을 쳐다보고 있는 것을 보며 의아한 표정을 지었다.

"애들 그래?"

그제야 정신을 약간 수습한 철웅과 은초가 일제히 떠들어 대려고 하는 것을 호리가 양손을 뻗어 제지하며 호선에게 미소를 지어 보였다.

"애썼다. 좀 쉬어라."

호선은 호리의 어깨에 착 하고 뺨을 기대면서 애교 있게 미소를 지었다.

"나 잘했지?"

마치 장한 일을 하고 나서 부모에게 칭찬받기를 원하는 어린아이의 모습 같았다.

"그래, 정말 잘했어."

그러자 호선의 두 눈이 보석처럼 빛났다.

"그럼 술 사주는 거야?"

그녀의 결론은 술이었다.

호리의 얼굴이 짐짓 엄하게 변했다.

"술은 어떨 때 사준다고 그랬었지?"

호선은 금세 시무룩해졌다.

"무술을 가르쳐 줄때……."

그녀는 곧 호리의 팔을 잡고 칭얼거렸다.

"히잉~! 가르쳐 줄 무술이 생각나지 않는 걸 나더러 어떻게 하라는 거야?"

호리의 대답은 간단하고 매정했다.

"그럼 술을 못 마시는 거지."

호선은 호리의 팔을 놓고 나서 싸늘한 얼굴로 그를 하얗게 흘겨보았다.

그러더니 몸을 홱 돌려 선실로 자박자박 걸어가다가 근처에서 얼쩡거리고 있는 철웅과 은초를 발견했다. 아니, 은초의 얼굴에 시선이 딱 고정되었다.

"은초, 너 따라와라."

은초의 낯빛이 해쓱하게 변하면서 구원을 청하는 듯 호리를 쳐다보았다.

호리는 못 본 체 고개를 돌리면서 철웅에게 지시했다.

"철웅아, 일단 후장만 올리고 출발하다가 별 이상이 없으면 전장 하나 더 올리자."

암초 해역에 식겁을 했기 때문에 최대한 속도를 내는 것을 자제하려는 것이었다.

"알았어!"

철웅은 대답하고 선실로 달려 들어갔다.

잠시 후, 선실 뒤쪽 후갑판에서 때리는 소리는 들리지 않는데 은초의 처절하면서도 구슬픈 비명 소리가 터져 나오기 시작하더니 일각 이상이나 계속됐다.

호리는 전장 돛대에 기댄 채 팔짱을 끼고 묵묵히 전방의 바다를 바라보았다.

지옥 중에서도 가장 참혹한 구렁텅이 같았던 암초 해역에서 살아서 빠져나온 것이 꿈만 같았다.

이제 장강으로 진입하기만 하면 두 번 다시 그런 위험은 없을 터이다.

장강은 예로부터 수많은 배들이 왕래하기 때문에 수로가 잘 발달되어 있다고 들었다.

호리는 암초 해역에서의 생고생을 앞으로 치를 난관을 없애준 액땜쯤으로 생각하기로 했다.

미시(未時:오후 4시) 무렵, 중간층 거실에서 이른 저녁 식사를 마친 호리, 호선, 은초는 식사를 끝낸 후에도 그 자리에 묵묵히 앉아 있었다.

세 사람은 식사를 하는 동안에도 내내 아무 말도 없었는데, 식사를 끝낸 후에도 마찬가지였다.

다들 그럴 만한 이유가 있었다. 호리는 생각에 잠겨 있느라, 호선은 술을 마시지 못하여 잔뜩 심통이 나서, 은초는 호선 앞이라서 입도 벙긋 못하고 있는 것이었다.

은초는 아까 호선에게 어딜 어떻게 당했는지 상처 하나 없이 말짱했다.

상처가 남았다면 계속 쿡쿡 쑤시고 결릴 텐데, 호선의 방법은 형벌을 가하는 그 순간만 잠깐 죽을 것처럼 아프고 나서는 신기하게도 아무렇지 않았다.

그러나 당하는 은초나 철웅에게는 그것이 더 고통스러웠다. 아니, 그것은 공포 그 자체였다.

그때 호선이 호리를 한 차례 쳐다보더니 슬그머니 일어나 자신의 방으로 지정해 준 앞의 왼쪽 방으로 들어가 버렸다. 그 맞은편은 호리의 방이다.

호선이 방에 들어가 문을 닫는 것을 확인한 은초가 호리의 소맷자락을 슬며시 잡아당기며 후갑판으로 이끌었다.

"호리야, 쟤 언제까지 우리랑 함께 있을 거냐?"

은초는 몹시 간절한 표정으로 선실 쪽을 힐끔거리면서 목소리를 한껏 낮추어 속삭였다.

무공이 뛰어난 호선이 속삭이는 소리마저 들을까 봐 염려

하는 기색이 역력했다.

"호선이 스스로 떠나고 싶을 때까지."

호리의 대답은 간단했다.

은초의 안색이 해쓱하게 변했다. 그는 잠시 착잡한 표정을 짓는가 싶더니 이내 짐짓 단호한 표정으로 고치며 자르듯이 선언했다.

"쟤가 네 곁에 있으면 내가 널 떠날 수밖에 없겠어. 자, 둘 중에 한 명만 선택해. 나야, 아니면 쟤야?!"

허구한 날 째마리 취급이나 당하면서 걸핏하면 두들겨 맞고, 그것도 모자라서 평소에도 살얼음 위를 걷듯이 공포에 질려 살아야 하는 은초에게는 호선의 존재 여부가 심각한 문제가 아닐 수 없었다.

그래도 이쯤 윽박지르면 호리가 두말없이 호선을 내쫓거나, 그게 아니라고 해도 무언가 조치를 취할 것이라고 확신하는 은초였다.

은초는 호리와 호선이 어떤 관계인지는 자세히 모르고 있지만, 호리가 호선을 여자로 여겨서 데리고 있는 것이라고는 생각하지 않았다.

은초가 알고 있는 호리는 여태껏 여자에겐 추호의 관심도 보인 적이 없었기 때문이다.

더구나 은초는 호리와 이 년여 동안 생사고락을 함께한 친구가 아니던가.

"꼭 둘 중에 한 사람을 선택해야 하는 것이냐?"

호리가 그렇게 묻자 은초는 됐다 싶어서 더욱 바짝 조였다.

"물론이야. 네가 호선을 선택한다면, 나는 당장 바다에 뛰어내려 헤엄을 쳐서라도 여길 떠날 거야."

"그럼 뛰어내려."

"뭐?"

은초는 자신이 방금 들은 말을 믿을 수가 없다는 표정으로 호리를 쳐다보았다.

"호선은 갈 곳이 없어. 날 떠나면 한 치 앞이 어떻게 되는지 모르는 애야. 그렇지만 넌 가족이 있고 갈 곳도 있어. 돈 버는 재주도 있고, 어디 가든 굶어 죽지는 않지. 그러니까 둘 중 하나를 택할 수밖에 없다면 호선이야."

"……."

은초는 몹시 충격을 받았지만 곧 정신을 수습했다. 호리는 원래 그런 놈이라고 생각하기 때문에 이 정도는 새삼스러운 일도 아니었다.

그에게 의리나 그동안의 정리를 구걸한 은초가 바보였다. 정말이지 치가 떨리도록 매정한 놈이었다.

그렇지만 호리의 말은 옳았다. 은초는 세상 어디에 떨어뜨려 놔도 여봐란 듯이 잘 살아갈 능력이 있다.

호리만큼은 아니더라도 항주성의 은빛담비 은초도 유명한 존재인 것이다.

호리의 말처럼 호선이 갈 곳도 없고, 호리를 떠나서는 한 치 앞도 내다볼 수 없는 처지라면, 그는 절대 호선을 버리지 못한다는 사실을 은초는 안다. 그것은 정리나 의리와는 별개의 문제, 즉 인간의 도리인 것이다.

은초는 또한 자신이 호선의 입장이라면 호리가 절대 자신을 버리지 않을 것이라는 사실도 알고 있었다.

그래서 호리의 결정에 화는 나지만 그것을 인정할 수밖에 없는 것이다.

은초는 선실 쪽으로 걸어가는 호리의 뒷모습을 쳐다보다가 불쑥 물었다.

"너… 혹시 호선을 좋아하고 있는 거야?"

호리는 은초가 아직도 호선을 쫓아 보내려는 마음을 버리지 못하는 것이라는 생각에 고소를 금치 못했다.

그렇다면 지금의 상황을 적당히 무마시키기 위해서 선의의 거짓말이 필요할 것 같았다.

"그래. 알았으면 입 다물고 있어."

은초의 어깨가 축 처졌다.

"알았다."

그는 원래부터 절대 호리 곁을 떠날 마음이 없었다. 죽어도 같이 죽고 살아도 함께 살 각오였다.

　그러나 이렇게 된 이상 죽으나 사나 호선의 압박과 고통을 견딜 수밖에 없었다.

　아니면 호선과 한 번 정면으로 부딪쳐 보든가.

　그는 그 자리에 주저앉아서 턱을 괴고 골똘히 생각에 잠겼다.

　'이럴 때 호리라면 어떻게 했을까?'

　호리는 선실 안으로 들어가 철웅 대신 타주를 잡았다.

　"수고했다. 내려가서 밥 먹어라."

　호선은 원래 큰 눈을 더욱 크게 동그랗게 떴는데, 얼굴에는 놀라움이 가득했다.

　'호리가 날 좋아한다고?'

　자기 방에 있던 호선은 머리 위 갑판에서 나누는 호리와 은초의 대화를 똑똑하게 들었다.

　일부러 들으려고 애쓰지 않았는데도 공력이 높기 때문에 그냥 들려온 것이다.

　그녀는 방금 전에 호리가 자신을 좋아한다는 말을 듣고 아무런 느낌도, 감정도 일어나지 않는데 이상하게도 가슴이 두근거렸다.

　'뭐지? 이런 이상한 기분은……'

그런데 그것으로 끝나지 않았다. 그다음에는 머릿속이 하얘지는 것이 아닌가.

아무 생각도 들지 않았다. 그러더니 이내 얼굴로 피가 한꺼번에 몰리는 것 같더니 화끈화끈 열이 올랐다.

그것뿐이 아니었다. 그녀가 좋아하게 된 황주를 대여섯 병쯤 마셨을 때처럼. 아니, 황주를 마셨을 때에는 뱃속만 뜨끈거리는데 지금은 몸속 전체가 후끈거렸으며, 손끝과 발끝, 피부, 심지어 머리끝까지 찌릿찌릿했다.

'뭐, 뭐야, 이런 것은…….'

호선은 온몸과 정신에서 벌어지는 괴이한 현상 때문에 소스라치게 놀랐다.

'나… 아픈 건가?'

그러나 아무리 생각해 봐도 아픈 것 같지는 않았다. 왜냐하면 기분이 몹시 좋아졌으니까. 아프면 고통스럽지 기분이 좋아지진 않는다.

호선은 침대에 걸터앉아 있다가 반듯한 자세로 길게 누워 두 손을 모아 가슴에 얹고 가만히 눈을 감았다.

'기억을 잃기 전에도 이런 기분을 느껴봤었을까?'

호선의 입가에 훈훈한 미소가 아지랑이처럼 피어올랐다.

'호리가 날 좋아한다고? 후후. 너무 좋아…….'

"호, 호리야! 저기!"

식사를 하고 올라와서 타주를 잡고 호리궁을 조종하고 있던 철웅이 갑자기 낮은 외침을 터뜨렸다.

선실 바닥에 가부좌의 자세로 앉아서 막 한 차례 소정심법의 운공을 마친 호리는 의아한 얼굴로 일어나서 선실의 창을 통해 오른쪽을 보다가 가볍게 눈살을 찌푸렸다.

오른쪽으로 불과 칠팔 장밖에 떨어지지 않은 거리에서 한 척의 배가 바람처럼 빠르게 호리궁을 스쳐 지나면서 앞지르고 있는 것이 보였다.

바다에서 칠팔 장 거리면 무척 가까워서 상대 배가 손에 잡힐 듯이 생생하게 보였다.

그 배는 호리궁보다 최소한 대여섯 배는 더 큼직했다. 더구나 큰 돛을 무려 다섯 개나 달았으며, 지금 그것들을 모두 활짝 편 채 전속력으로 앞지르기를 하고 있었다.

그 배의 앞뒤 쪽 갑판과 호리궁을 향하고 있는 난간 가에 도검과 창 따위로 무장한 수십 명의 사내들이 서서 이쪽을 쳐다보고 있는 모습이 보였다.

'해적(海賊)!'

호리의 눈살이 조금 전보다 더 찌푸려졌다.

호리궁을 쳐나보면서 이빨을 드러내고 무기를 휘둘러 보이면서 히죽히죽 득의하게 혹은 험상궂게 웃고 있는 사내들의 얼굴이 똑똑히 보였다.

놈들은 해적이 분명했다. 해적선은 일반 배보다 서너 배 이상 빠른 것이 보통이다.

해적선은 호리궁을 기척없이 뒤따라오다가 순식간에 앞질러 앞을 가로막으려는 것이 틀림없었다. 그것은 해적의 전형적인 수법 중에 하나였다.

"호리야, 어떻게 하지?"

철웅이 잔뜩 겁먹은 얼굴로 호리를 돌아보았다.

호리와 비교할 정도는 아니지만, 철웅은 원래 겁이 별로 없는 성격이다.

그러나 철웅은 두 가지 경우에 한해서는 겁을 내는 편이다. 경험한 적이 없는 상황에 처했을 때, 그리고 대책이 없는 절망적인 상황이 바로 그렇다.

한 번 경험해 본 일에 대해서는, 과거 겪었던 상황보다 몇 배 더 위기 상황이라고 해도 추호도 겁을 내지 않는다.

또한 아무리 절망적인 상황이 닥치더라도 호리가 그것을 타개할 방법을 제시하는 순간부터는 용감무쌍한 전사(戰士)로 돌변한다.

해적선은 이미 호리궁을 앞질러서 십여 장쯤 앞서 나가고 있는 중이었다.

호리가 해적의 수법에 대해서 들은 바에 의하면, 놈들은 곧 급선회하여 호리궁을 가로막을 것이다.

호리는 뒤를 돌아보았다. 호리궁은 전장과 후장 두 개의 돛만 펼친 상태였다. 그랬기 때문에 해적선이 호리궁을 앞지를 수 있었다.

호리는 잠시 생각했다. 이대로 도망을 칠 것인가. 속도로 치자면 호리궁이 훨씬 빠를 테니까 도주를 하면 해적선은 닭 쫓던 개꼴이 되고 말 것이다.

그러나 호리 이하 모두들 장도에 오른 첫 걸음부터 암초 해역에 걸려들어 죽을 고생을 했고, 그것 때문에 많이들 의기소침한 상태였다.

기운과 의욕이 넘쳐도 부족할 판국에 서로 말도 없고 맥이 쭉 빠진 모습 같은 것은 대장정의 처음부터 좋은 징조라고 할 수가 없었다.

마침내 호리는 그 시시콜콜한 분위기를 한꺼번에 날려 버릴 일을 계획했다. 그리고 해적선을 제물로 삼았다.

호리는 즉시 활차로 다가들어 대장과 소장범을 양손으로 동시에 펴면서 철웅에게 빠르게 지시했다.

"철웅아, 저놈들은 곧 급선회해서 호리궁과 마주 보는 형태를 취할 거야."

"그래서?"

문득 호리의 입가에 흐릿한 미소가 피어올랐다.

"호리궁으로 놈들의 옆구리를 박아버리자."

"옆구리를?"

철웅이 가볍게 놀랐다.

"그래. 함부로 우리를 건드리려는 놈들에게 짠 바닷물 맛 좀 보여주자는 것이다."

암초 해역에서는 맥을 추지 못했지만 저런 해적선 따윈 문제도 아니었다.

비로소 철웅의 입이 헤벌쭉하게 벌어졌다. 그는 갑자기 신이 나는지 어깨까지 들썩거렸다.

"푸헤헷! 나한테 맡겨두라구! 저놈들 옆구리에 커다란 구멍을 내주지!"

호리는 선실 뒤쪽의 아래층으로 내려가는 통로를 돌아보며 외쳤다.

"아래 두 사람! 빨리 선실로 올라와라!"

해적선은 돛이 다섯 개라서 무척 빠르지만 호리궁에 비해서 선체가 대여섯 배나 더 크다.

그러므로 해적선보다 대여섯 배나 작은데도 불구하고 선체에 비해서 큰 돛을 네 개나 활짝 편 호리궁의 속도가 서너 배는 더 빠를 수밖에 없는 일이다.

호리궁이 발톱을 감추고 가만히 웅크리고 있으니까, 멍청한 해적선이 보통 배로 본 것이 분명했다.

과연 호리가 예상했던 대로 해적선은 호리궁을 앞질러 이십여 장쯤 나가더니 선수를 호리궁 쪽으로 돌리려고 갑자기 급선회를 하고 있는 중이었다.

"으흥! 어디 너 한번 죽어봐라……!"

잔뜩 벼르고 있는 철웅이 커다란 콧구멍을 벌름기리면서 타주를 빙글, 능숙한 솜씨로 크게 꺾었다.

그가 코를 벌름거리는 것은 기분이 아주 좋거나 흥분이 고조됐다는 뜻이다.

덩치가 큰 해적선은 반 바퀴를 회전하는 데에 반경을 크게 잡아먹지만 속도 역시 현저히 떨어지기 마련이다.

그사이에 호리궁은 방향을 거의 직각으로 꺾어 이십여 장쯤 쏘아나가다가 갑자기 급선회, 해적선을 향해 방향을 잡고 전속력으로 돌진했다.

그런데도 덩치가 큰 해적선은 아직도 굼뜨게 선회를 하고 있는 중이었다.

호리궁은 해적선의 꽁무니를 향해 준마가 전력으로 질주하는 속도로 쏘아갔다.

이윽고 해적선의 꽁무니가 완만하게 빙그르르 돌디니 비스듬히 옆구리가 보였다.

호리궁의 선실에는 호리를 비롯하여 네 사람이 모두 모여서 해적선을 주시하고 있었다.

중간층 각자의 방에 있던 호선과 은초는 조금 전 호리가 부르는 소리를 듣고 단숨에 뛰어 올라왔다.

은초는 한 번 보고는 금세 어떻게 할 것인지를 알아차리고 해적선을 쏘아보면서 움켜쥔 주먹을 흔들며 희희낙락했다.

"낄낄낄! 저 멍청한 자식들! 우리 호리궁을 흔한 돛단배쯤으로 여기는 모양이지? 우헤헷! 이놈들아! 우리 배는 철대가리를 붙였다는 말씀이다!"

그는 철웅의 어깨를 두드렸다.

"철웅아! 확실하게 본때를 보여줘라!"

호리는 철웅과 은초가 지금처럼 기분이 좋고 흥분한 모습을 오랜만에 보게 되었다.

그래서 해적선을 침몰시키기로 한 결정을 참 잘했다고 다시 한 번 생각했다.

바야흐로 호리궁과 해적선의 거리는 오 장 남짓.

마침내 이끼와 해초가 뒤덮여 더럽기 짝이 없는 해적선의 옆구리가 거무튀튀하게 완전히 드러났다.

해적선 선상의 해적들 수십 명이 자신들의 배 옆구리로 달려드는 호리궁을 손가락질하면서 키득거리고 있었다.

마치 호롱불로 달려드는 나방을 대하는 듯한 표정이었다. 하지만 누가 호롱불이고 누가 나방일지는 잠시 후에 판가름이 날 터이다.

그래서 호리궁 선실의 네 사람은 해적들과는 다른 의미의 미소를 머금고 있었다.

"돛을 걷어!"

외침과 함께 호리와 은초, 호선은 네 개의 활차를 정신없이 돌렸다.

돛이 완전히 내려졌을 때, 호리궁과 해적선의 거리는 불과 이 장 남짓이었다. 돛은 모두 내려졌지만 호리궁의 속도는 여전히 빨랐다.

꽈악!

그때 활차를 힘주어 잡고 있는 호리 뒤에서 호선이 두 팔로 그의 허리를 꼬옥 안으면서 자신의 몸을 밀착시켰다.

충돌 시의 충격에 대비해서 호리를 안은 것이었다.

그 모습을 힐끗 본 은초도 냅다 철웅의 뒤에서 그의 굵은 허리를 끌어안았다.

한순간, 네 사람의 입가에서 미소가 사라졌다.

호리궁을 건조한 선창 주인은 자칫 다른 배와 부딪쳐서 그 배를 부수지 말라고 당부를 했었다.

그만큼 칠판을 두른 호리궁의 단단함. 득히 선수 부분에 대해서 자신하고 있었다.

그러나 호리궁에 비해서 해적선은 지나치게 거대했다. 호리궁이 풍뎅이라면 해적선은 독수리쯤 될 터이다. 선창 주인이 부딪치지 말라고 했던 배는 아마도 호리궁 정도 크기의 배들을 가리키는 것이 아니었을까?

그런 의문이 호리와 은초, 철웅의 머릿속을 지배하고 있을 때였다.

쿵!

우지직!

"우웃!"

묵직한 음향과 함께 난생처음 당하는 굉장한 충격이 호리궁 전체를 휩쓸었다.

그러나 호리는 거의 충격을 느끼지 못했다. 호선이 두 팔로 호리를 안았던 이유는 그의 충격을 완화시켜 주려는 의도였던 것이다.

호리는 반사적으로 재빨리 철웅과 은초를 쳐다보았다. 철웅은 한 손으로는 타주를 움켜잡고, 다른 손을 뻗어 선실 앞벽을 짚은 채 잘 버텨냈고, 뒤에서 그의 허리를 끌어안은 은초 역시 무사했다.

호리가 급히 선실 앞창으로 내다보자 호리궁의 선수가 전장 바로 앞까지 약 일 장 정도가 해적선 옆구리에 쑤셔 박혀 있는 모습이 보였다.

다행히 전장은 무사하지만 아마도 가장 작은 소장범 돛대는 부러졌을 터이다.

구우우―

그때 앞쪽에서 괴이한 음향이 흘러나오더니 선실이 앞쪽으로 약간 기울어지는 느낌이 들었다.

"해적선이 침몰한다! 그런데 호리궁 선수가 놈들 배에 꽂혀 있어서 빠져나오지 못하고 있어! 이대로라면 함께 가라앉고 말겠어!"

은초가 다급히 외쳤다.

호리와 세 명은 구르듯이 선실 밖으로 뛰쳐나왔다.

호리궁의 선수가 꽂혀 있는 해적선의 옆구리로 바닷물이 콸콸 쏟아져 들어가는 광경이 보였다.

또한 해적선의 거대한 동체는 구멍이 뚫린 쪽으로 약간 기울어져 있는 상태였다.

이 장 반 높이의 해적선 난간 가에는 수십 명의 해적들이 달라붙어서 아래에서 벌어진 광경을 굽어보고 있었다.

놈들은 호리궁이 해적선 옆구리 속으로 뚫고 들어간 광경을 뻔히 보고 있으면서도 한순간 상황 판단이 제대로 되지 않는 모양이었다.

무식하면 용감하다는 옛말이 맞았다. 놈들은 침몰하는 배에서 살아날 궁리를 하기보다는 호리궁에 뛰어내려 약탈을 할 것처럼 시끄럽게 고함을 질러댔다.

기우우―

그때 해적선이 다시 조금 더 기울면서 호리궁도 함께 기울 며 뒤쪽이 수면에서 약간 들려 올랐다.

호리 등은 앞으로 쓰러지지 않으려고 급히 주위의 아무것 이나 붙잡았다.

호리가 자세히 살펴보니 호리궁은 해적선 옆구리에 너무 단단하게 틀어박혀 있었다. 아니, 살짝 박혔다 하더라도 빠져 나올 방도가 없었다.

호리는 그제야 해적선 옆구리를 들이받은 것을 뼈저리게 후회했다.

분위기를 쇄신시키는 것도 좋지만 목숨을 부지하는 것이 더 중요한 것이다.

아울러 순간의 감정을 다스리지 못하면 큰 화를 부를 수도 있다는 사실을 새삼 절감했다.

그러나 철웅과 은초, 심지어 호선까지도 호리의 그런 결정 을 일체 원망하지 않았다.

그것이 이들의 장점이자 강점이었고, 또 하나로 묶어주는 결속력이었다.

해적선에 충돌하라는 것은 호리의 결정이었지만, 마치 자 신들의 결정이었던 것처럼 받아들이고 있는 것이다.

"와앗! 배가 침몰한다!"

"우와앗! 기울어진다!"

그제야 해적들은 위급한 상황을 깨닫고 비명을 지르며 난리법석을 피워댔다.

그그우우─

해적선이 호리궁 쪽으로 조금 더 비스듬히 기울었다. 조금만 더 기울어지면 호리궁을 덮칠 기세였다.

호리와 철웅, 은초는 약속이나 한 듯이 호선을 쳐다보았다. 마치 그녀만이 자신들을 이 위기에서 구원해 줄 유일한 희망인 것처럼.

"왜?"

그러나 호선은 오히려 의아한 표정으로 세 사람 얼굴을 두루 쳐다보았다.

"방법이 없겠어?"

호리가 빠른 어조로 심각하게 물었다.

"무슨?"

"호리궁을 해적선에서 빼낼 방법 말이야."

호선은 영문을 모르겠다는 표정을 지었다.

"일부러 부딪치고는 무엇 하러 다시 빼?"

호리는 마음이 착잡해서 변명조차 하지 못했다.

지금 호선은 호리의 판단 착오를 책망하거나 놀리려는 것이 아니었다.

그녀는 호리를 깊이 신뢰하고 있기 때문에 호리궁을 해적선에 꽂은 데에는 반드시 그럴 만한 이유가 있을 것이라고 생각한 것이었다.

그렇게 순진한 그녀를 일깨워 주기 위해서는 호리가 자신의 실수를 인정하고 도움을 구해야만 했다.

"내가 실수했어. 호선아, 어서 배를 빼내줘."

"그런 거였어?"

호리는 호선의 무공이 높다는 것은 알지만, 그녀가 무슨 방법으로 호리궁을 뽑아낼 것인지는 아직 모른다. 그렇지만 그녀를 믿고 있었다.

"알았어."

호선은 흔쾌히 고개를 끄덕이고 나서는 선실 밖으로 나가 해적선 옆구리를 향해 똑바로 섰다.

호리가 따라 나가 옆에서 쳐다보자 호선은 눈을 깜빡거리면서 해적선 옆구리를 주시하고 있었다. 방법을 고르는 것 같은데 생각이 잘 나지 않는 것 같아 보였다.

호리와 철웅, 은초는 초조하게 그녀의 얼굴을 주시했다.

"안 되겠어… 어떻게 해야 할지를 모르겠어."

숨을 세 번 쉴 정도의 시간이 지나고 나서 호선은 갑자기 호리를 바라보며 고개를 살래살래 가로저었다.

아무리 고강해도 그것을 적절히 사용하지 못한다면 무용지물이다. 즉, 구슬이 서 말이라도 꿰어야 한다는 것이다.

철웅과 은초의 안색이 꺼멓게 변해서 부르짖었다.

"안 돼! 뭐라도 해봐!"

"꼭 해야 돼! 어서!"

호선이 힐끗 차갑게 쳐다보자 두 사람은 찔끔하더니 곧 공손히 허리를 굽혔다.

"…하십시오."

구우우—

그때 해적선이 굉음을 토해내면서 갑자기 빠른 속도로 기울기 시작했다.

그와 동시에 호리궁의 뒤쪽이 번쩍 들렸다.

"흐앗!"

"어구구!"

호리궁이 고꾸라질 듯이 앞쪽으로 급속히 기울어지자 철웅과 은초는 선실 기둥을 붙잡은 채 몸이 비스듬히 눕혀진 상태가 되었다.

해적선에서 해적들이 소나기 쏟아지듯 떨어져 내리며 처절한 비명을 질러댔다.

"으아악!"

"아아악!"

그중에 더러는 호리궁 선실 위나 갑판에 떨어져 죽거나 허리 혹은 팔다리가 부러졌다.

"호선아!"

호리는 전장 돛대에 몸을 의지한 상태에서 안간힘을 쓰며 다급히 호선을 불렀다.

호선은 호리궁이 꽤 기울어졌는데도 두 발바닥이 바닥에 붙은 듯 오히려 몸이 약간 뒤로 기울어진 자세로 꼿꼿하게 요지부동이었다.

문득 그녀는 바로 옆에 있는 호리를 바라보았다.

호리는 그녀의 눈을 보고 가볍게 움찔 표정이 변했다. 그녀의 초롱초롱한 두 눈빛이 무엇인가를 갈망하고 있었다. 너무 간절해서 애처롭기까지 한 눈빛이었다.

호리는 이런 절박한 순간에 호선이 왜 그런 눈빛으로 자신을 바라보는 것인지 어렵지 않게 간파했다.

기우우―

갑자기 해적선이 조금 전보다 더욱 빠르게 무너져 내리기 시작했다. 철웅과 은초는 자신들을 향해 거대하게 덮쳐드는 해적선을 올려다보면서 공포에 질려 입을 딱 벌렸고 비명조차 지르지 못했다.

호리를 바라보는 호선의 눈빛이 더 간절하게 변했다.

마침내 호리는 악을 쓰듯이 버럭 소리를 질렀다.

"술 사줄게! 어서 해!"

순간 방금까지만 해도 애처롭기 그지없었던 호선의 눈빛

이 득의함으로 물들었다.

"몇 병?"

"뻗도록 먹여줄게!"

"호호홋! 약속 지켜야 해!"

호선은 명랑하게 웃으면서 해적선을 향해 별로 힘들이지 않은 동작으로 슬쩍 쌍장을 뻗었다.

위이잉!

전장 돛대에 매달려 있는 호리는 그 순간 호선의 두 손바닥에서 흐릿한 홍광이 감도는 반투명한 기류가 햇살처럼 눈부시게 뿜어져 나가는 것을 똑똑히 보았다.

퍼엉!

그다음 순간 마치 우렛소리 같은 굉렬한 폭음이 터지는가 싶더니 호리와 철웅, 은초는 몸이 휙 뒤로 딸려가는 듯한 느낌을 받았다.

어떻게 되는 상황인지 알 수 없는 가운데, 은초의 처절한 비명 소리가 처량하게 울려 퍼졌다.

"으아아!"

첨벙!

호리와 철웅, 은초는 잡고 있던 것을 놓치고 바닥에 패대기쳐시면서 데구르르 구르다가 난간에 호되게 부딪친 다음에야 겨우 멈추었다.

　그러나 호리는 아픔을 느낄 여유가 없었다. 그는 난간을 의지한 채 비틀거리며 일어나서 황급히 어떻게 된 상황인지 살펴보았다.

　호리궁은 거짓말처럼 해적선에서 쑥 빠졌다가 바다에 떨어진 후 오륙 장이나 밀려난 상태였다. 아니, 아직도 계속 밀려나고 있는 중이었다.

　해적선은 옆면이 육중하게 수면으로 기울어져서 거의 닿을 듯한 상황이었다.

　호리의 시선이 해적선 옆구리에 뚫어져 있는 두 개의 커다란 구멍에 고정되었다.

　아래쪽에 바닷물이 콸콸 쏟아져 들어가고 있는 구멍은 호리궁에 의해서 뚫어진 것이었고, 그 왼쪽 위에 그보다 더 큰 구멍은 방금 전 호선의 두 손바닥에서 뿜어진 흐릿한 홍광에 의한 것이었다.

　'장풍(掌風)이었어⋯⋯.'

　호리는 무림계의 절정고수들이 내공을 손바닥으로 뿜어낸다는 말을 자주 들은 적이 있지만 자신의 눈으로 직접 보는 것은 방금 전이 처음이었다.

　어떻게 무기나 손을 대지도 않은 상태에서 몸속의 내공만으로 저토록 큰 구멍을 뚫을 수 있는 것인지 눈으로 보고서도 쉬이 믿어지지가 않았다.

구우우—펵!

호리가 넋을 잃은 표정으로 쳐다보고 있는 중에 해적선은 짐승의 마지막 비명 소리 같은 괴음을 토해내며 옆으로 완전히 쓰러져 버렸다.

그 주변 바다에는 수많은 해적들이 부서진 판자나 물에 뜨는 물건 따위를 붙잡은 채 버둥거리면서 살려달라고 고래고래 악을 써대고 있었다.

호리는 이윽고 해적선에서 시선을 거두어 호선을 쳐다보았다. 방금 전에 그 난리가 있었지만, 그녀는 원래의 위치에 두 팔을 늘어뜨린 채 꼿꼿하게 서 있었다.

호리는 홀린 듯한 표정으로 호선을 바라보았다.

도대체 그녀는 얼마나 고강한 것인가. 그 끝을 가늠조차 할 수 없을 것 같았다.

이 정도인가 하면 더 고강했고, 그만큼이로군 하고 생각하면 또 더 높은 신기를 보여주었다.

문득 호리는 호선을 보면서 몹시 이상한 기분이 느껴졌다. 그녀를 운하에서 건져서 치료하고 살려낸 이후 지금껏 한 번도 느껴보지 못했던 기분인데, 지금 그는 호선이 매우 멀게만 여겨졌다.

그것은 이질감(異質感)이었다. 호선이 호리 자신하고는 전혀 동떨어진 세계의 사람 같다는 생각이 그녀를 만난 후 처음으로 고개를 들었다.

그렇게 생각해서 그런지, 해풍에 머리카락과 옷자락을 흩날리면서 우뚝 서 있는 호선의 전에 없이 아름다운 모습이 몹시 낯설게 느껴졌다.

그때 호선이 상체를 빙글 돌려 잠깐 호리를 바라보다가 똑바로 걸어왔다.

그녀의 표정은 평소와 달리 몹시 굳은 듯 진지했다. 그래서 방금 전까지 그녀를 낯설게 여기고 있던 호리는 더 뜨악한 기분이 되고 말았다.

호선이 호리 앞에 뚝 멈추더니 매우 심각한 표정을 지었다.

왜 느닷없이 그런 생각이 들었는지 모르겠지만, 호리는 혹시 그녀가 조금 전의 그 소란통에 잃었던 기억을 되찾은 것이 아닌가? 하는 생각이 퍼뜩 떠올랐다. 그만큼 그녀의 표정은 진지했다.

호리의 가슴이 답답해졌다. 만약 호선이 기억을 되찾았다면 기뻐해야 할 일인데도 어째서 가슴이 답답해지는 것인지 모를 일이었다.

이윽고 호선은 호리가 한 번도 본 적이 없는 심각하고 진지한 표정으로 장미 꽃잎처럼 붉은 입술을 떼었다.

"술 뻗도록 마시게 해준다는 약속. 잊으면 안 돼?"

"……"

"왜 대답이 없어?"

호리의 얼굴이 마구 구겨졌다.

그러자 호선은 곧 울 것 같은 표정을 지었다.

"약속 안 지키려고 그러는구나?"

호리는 한동안 호선을 쳐다보다가 이윽고 그녀의 어깨에 한 손을 얹고 약간 고개를 숙인 채 나직한 한숨을 토해내고 나서 조용한 목소리로 경고했다.

"사줄게. 그러나 그 얘기 한 번만 더 하면 사주고 싶은 마음이 사라질는지도 몰라."

기억을 되찾아? 처음 보는 진지한 얼굴?

호리는 쓴웃음이 나왔다. 개가 똥을 마다하지 호선이 술 약속을 잊겠는가?

이어서 호리는 철웅, 은초와 함께 호리궁으로 추락한 해적들의 시체와 아직 죽지 않은 자들을 쓰레기를 치우듯 한꺼번에 바다로 내던져 버렸다.

호리궁은 맨 앞 소장범의 돛대가 부러져 나가고, 선수 양옆의 철판 위에 덧대놓은 판자가 깨져서 철판이 드러나는 정도의 피해를 입었다.

그러나 생각했던 것만큼 심한 피해는 아니라서 호리 일행은 안노의 한숨을 쉬었다.

해적선은 침몰하여 바다 속으로 완전히 자취를 감추었으

며, 수십 명의 해적들이 개미 떼처럼 바다에 뜬 채 아우성을
치고 있었다.

그 광경을 바라보며 호리 일행 네 사람은 언제 십년감수했
느냐는 듯 통쾌하게 웃으며 한껏 비웃어주었다.

암초 해역에서 죽을 고생을 하고 난 후의 의기소침 같은 것
은 그 웃음에 다 날아가 버렸다.

第十五章
황주(黃酒) 아흔아홉 항아리

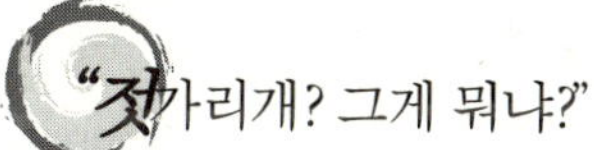

"젓가리개? 그게 뭐냐?"

개방 항주분타주 철륵개는 수하의 보고를 받고 나서 의아한 표정을 지었다.

보고를 한 중년의 조장은 설명을 하기도 전에 머쓱한 표정으로 얼굴을 슬며시 붉히며 머리를 긁적였다.

중년 조장의 머리카락에서 이가 후두둑 뛰어나오자 철륵개는 이맛살을 찌푸리며 꾸짖었다.

"이놈아! 무얼 꾸물거리느냐? 젓가리개가 무어냐고 묻지 않았느냐?"

중년 조장은 찔끔하여 곧 어눌하게 대답했다.

"그게… 여자들 젖가슴을 가리는 물건입니다."

"여자들 젖가슴?"

철륵개나 중년 조장 둘 다 개방에서 거지꼴로 생활하면서 청춘을 보냈던 터라 그 나이가 되도록 여자를 품어본 적이 한 번도 없었다.

그러니 여자들이 옷 속에 젖을 가리는 물건을 착용하고 있다는 사실을 모르는 것은 당연할 터.

철륵개는 더 이상 참지 못하고 중년 조장의 머리통을 한 대 갈길 기세로 주먹을 치켜들었다.

"이놈아! 찾으라는 여자는 찾지 않고 무슨 얼토당토않은 여자 젖가리개 타령이나 하고 있는 게냐? 네놈이 오입질이 하고 싶은 게로구나!"

"아, 아닙니다! 분타주! 그러니까 제 말은 그 젖가리개를 하고 있던 주인이 우리가 찾고 있는 바로 그 여자 같다, 이 말씀입니다!"

"어째서?"

"그 젖가리개가 대체 얼마짜린지 아십니까?"

철륵개는 인내심의 한계를 느끼는지 얼굴이 붉으락푸르락하면서 눈살을 찌푸렸다.

"젖가리개가 얼마짜리냐는 것이 그 여자와 관계가 없다면,

넌 내 손에 죽는다.”

중년 조장은 찔끔하더니 금세 주눅 든 표정이 되어 어눌하게 보고했다.

“하여튼 그 젖가리개 하나가 자그마치 금화 일천 냥 값어치라고 합니다.”

“미친… 어떤 계집이 성 한 채 값을 가슴에 두르고 다닌다는 말이더냐?”

철특개는 더 들을 가치도 없다는 듯 버럭 소리를 지르고는 중년 조장의 목을 비틀려는 듯 손가락 마디를 분질렀다.

중년 조장은 철특개의 눈치를 살피면서 조심스럽게 자신의 소견을 밝혔다.

“비단전 행두의 말에 의하면, 그 젖가리개는 비단 어마어마하게 비쌀 뿐만 아니라 귀하기로도 무엇과 비교할 수 없는 물건이라서 황궁의 지체 높으신 여자 분들이나 하고 다닐 정도라고 합니다. 그래서 제 생각에는… 우리가 찾는 여자가 몹시 고귀한 신분이라고 하니까, 그 여자 정도라면 그런 젖가리개를 하지 않았을까 하는 생각입니다만…….”

“그, 그렇군!”

철특개는 정신이 번쩍 들었다. 과연 중년 조장의 말은 충분히 일리가 있었다.

“조금 전에 그 젖가리개를 성내 비단전에 갖고 왔던 자가 누구라고 했었느냐?"

"협잡꾼 호리라는 놈입니다."

철륵개는 방금 전보다 조금 더 반색했다. 물론 그는 호리라는 놈을 모른다.

하지만 한낱 협잡꾼 따위가 성 한 채 값의 젖가리개를 들고 비단전에 어슬렁거렸다면 충분히 의심해 볼 만한 가치가 있는 일이었다.

"그놈은 지금 어디에 있느냐?"

철륵개의 목소리에는 작은 흥분이 배어 있었다.

"수배를 해두었으니 곧 끌고 올 것입니다."

"음! 잘했다."

중년 조장은 깜짝 놀랐다. 철륵개에게서 칭찬을 듣기란 감나무 아래에 누워 있는 사람 입으로 감이 떨어지는 것만큼이나 드문 일이었다.

"그런데……."

중년 조장이 다시 한 번 칭찬을 듣고 싶은지 조심스럽게 입을 열었다.

"뭐냐?"

"비단전 행두가 그 젖가리개를 사고 싶은 욕심으로 호리라는 놈을 쫓아가다가 그놈의 배에 타고 있는 한 소녀를 봤다는 것입니다."

"소녀라는 말이지?"

철륵개의 귀가 번쩍 뜨였다. 의심해 볼 만한 가치에서 확신으로 바뀌는 순간이다.

"네. 그런데 행두의 설명을 들어보니, 그 소녀가 비록 싸구려 무명옷을 입고 있긴 했지만 우리가 찾고 있는 용모파기의 그 여자와 매우 흡사한 것 같았습니다."

급기야 철륵개는 앉아 있던 낡은 의자에서 자신도 모르게 벌떡 일어섰다.

"그래?"

그는 만면에 기쁜 표정을 가득 떠올린 채 중년 조장의 머리를 쓰다듬었다.

지금 심정 같아서는 음식 찌꺼기가 묻어 있는 그의 입에 뽀뽀라도 해주고 싶었다.

"잘했다! 정말 잘했다!"

다시 한 번 칭찬을 듣고 싶어 하던 중년 조장은 마침내 대성공을 거두었다.

철륵개의 생각으로는 중년 조장이 말하는 소녀가 자신들이 찾고 있는 여자가 거의 분명한 것 같았다.

일단 그렇게 생각하자 그의 마음이 바빠졌다. 잘하면 변방의 분타로 쫓겨나지 않아도 될 듯싶었다.

"앞장서라."

철륵개는 행선지도 말하지 않고 중년 조장을 재촉했다.

"어… 디로?"

"어디긴! 내가 직접 나서서 제자들을 지휘하여 그 호리라
는 놈을 찾아야겠다!"

*   *   *

호리궁은 감포를 출발한 지 사흘째에 장강 하구에 수만 년
동안 퇴적물이 쌓여서 형성된 거대한 섬 숭명도(崇明島) 숭명
현에 당도했다.

원래는 장강 하구를 그냥 통과하여 강소성 내륙으로 이백
여 리쯤 더 들어가 정강현(靖江縣)이나 진강현(鎭江縣)까지 갈
예정이었다.

그러나 호리궁이 암초와 충돌하고, 또 연이어서 해적선과
충돌하는 바람에 선수 부분에 약간 손상을 입어서 그것을 수
리도 하고, 또 항해하는 동안 필요한 식량과 생필품 따위를
구입하려고 숭명현에 들렀다.

수리를 위해서 호리궁을 선창에 맡기고, 은초를 남겨둔 채
호리와 호선, 철웅이 숭명현 내로 들어왔다.

복사파 염복에게서 뺏은 돈은 은자 이만 냥가량의 거금이
었고, 약간의 보석류도 있었다.

그것들을 호리궁의 밑바닥, 즉 하창(下艙) 은밀한 장소에 감춰두긴 했지만, 그래도 안전한 것이 좋다며 은초가 남기를 자청했던 것이다.

숭명현에서의 외출을 누구보다도 반가워하는 사람은 누가 뭐래도 호선이었다.

식량과 생필품을 사면서 술도 살 계획이기 때문이었다.

숭명현은 장강이 바다와 합류하는 지점의 한복판에 위치해 있다는 지정학적인 조건 때문에 오랜 옛날부터 해상 무역이 발달되었다.

그래서 숭명현 거리는 걷기가 어려울 만큼 수많은 사람들이 북적거렸으며, 돈만 있으면 구하지 못할 물건이 없을 정도로 별별 희귀한 물건들이 많았다.

호리 일행은 한 시진 만에 필요한 물건들을 모두 구입하여 선창의 호리궁으로 배달을 시켰으며, 이제 술만 남겨놓은 상태였다.

호선은 얼마 전 항주성에 무명옷을 사러 나갔던 것에 이어서 이번이 두 번째 거리 구경이었다.

숭명현은 항주성과는 또 다른 이국적인 정취를 지닌 곳이라서 호선의 시선을 사로잡기에 부족함이 없었다.

그녀는 눈길이 닿는 모든 것이 신기한 듯 이리 기웃, 저리

기웃 구경하다가 벌써 다섯 번씩이나 호리와 철웅을 잃어버리고 말았다.

그런데도 그녀는 호리와 철웅이 자신을 찾으러 올 때까지 그런 사실조차 모른 채 구경에 정신이 팔려 있을 정도였다.

그러던 중에 호리와 철웅이 그녀를 서양의 물건을 진열해 놓은 어느 점포 앞에서 여섯 번째 찾아냈을 때에는 이미 작은 사고가 벌어져 있었다.

호선은 호리를 잃어버린 줄도 모른 채 구경에 여념이 없었는데, 마침 지나가던 세 명의 이류 무림인들이 그녀의 미모에 혹하여 집적거렸던 모양이다.

물론 세 명의 무림인은 이미 호선에게 당해서 거리 바닥에 볼썽사납게 널브러진 모습이었다.

죽지는 않았지만 셋 다 똑같이 한쪽 다리가 부러진 상태에서 일어나지도 못한 채 끙끙 신음을 흘리면서 두려운 얼굴로 호선을 쳐다볼 뿐이었다.

호선은 싸늘하기 짝이 없는 얼굴로 그중 한 명의 귀때기를 잡아 사정없이 위로 끌어당겼다.

"끄아아—!"

귀가 떨어져 나갈 듯한 고통에 그자는 처절한 비명을 질러대며 몸부림을 쳤다. 아니, 실제 귀가 죽 찢어져서 피가 철철 흘러내렸다.

"이년아! 죽고 싶지 않으면 당장 귀를 놓아……."

그자는 악을 쓰며 미친 듯이 소리를 지르다가 호선의 얼굴을 보는 순간 그 자리에서 굳어버렸다.

호선의 얼굴은 싸늘하게 가라앉아 있었다. 그러나 흔히 볼 수 있는 싸늘함이 아니었다.

절제된 위엄과 존귀함이 녹아 있는 싸늘함. 그런 지위에 있는 사람만이 표출할 수 있는 그런 냉엄함이었다.

우둑!

호선은 눈썹도 까딱하지 않고 그자의 오른팔을 잡아 가볍게 부러뜨렸다.

"끄아악!"

그녀가 팔을 놓아주자 그자는 비칠비칠 물러나다가 땅바닥에 풀썩 쓰러졌다.

그러나 감히 호선을 쳐다보지 못하고 눈을 내리깐 채 신음 소리를 속으로 삼키기에 급급했다.

그자는 호선을 절정고수, 그것도 신분을 감춘 대방파의 높은 지위의 인물이 틀림없을 것이라고 판단했다.

어느새 대로상에는 수많은 구경꾼들이 호선과 세 명의 무림인을 겹겹이 둘러싼 채 호기심 어린 표정으로 호선을 주시하고 있었다.

철썩!

“임마! 어딜 싸돌아다니는 거야?”

“아얏!”

바로 그때 나타난 호리가 호선의 탄력있는 엉덩이를 소리 나게 냅다 때리면서 핀잔을 주었다.

“너 찾아다니느라 한참이나 애먹었잖아!”

“헤헤! 미안해. 구경하느라 깜빡했어.”

호선은 엉덩이를 쓰다듬으면서 혀를 쏙 내밀며 귀여운 표정을 지어 보였다.

그런 광경을 보고 있는 세 명의 무림인과 구경꾼들은 머릿속이 마구 헝클어지는 표정을 지었다.

호선의 얼굴에서는 방금 전의 위엄, 존귀함, 서슬이 퍼렇던 표정 따윈 씻은 듯이 사라지고 대신 더없는 애교와 알랑거림이 가득했기 때문이다.

그래서 자신들이 방금 전에 봤던 호선의 위엄이니 존귀함 같은 것이 아마도 착각이었을지도 모른다는 생각을 얼핏 해 보는 무림인들이었다.

“저 사람들은 뭐야?”

호리가 여전히 땅바닥에 쓰러져 있는 세 명의 무림인을 턱으로 가리키며 물었다.

호선은 대수롭지 않다는 듯 대답했다.

“나한테 집적거리기에 다리를 부러뜨렸고, 내 엉덩이를 만진 놈은 팔을 부러뜨렸어."

순간 호리는 뜨악한 표정을 지었는데, 눈은 슬그머니 자신의 손을 내려다보고 있었다. 그 손은 조금 전에 호선의 엉덩이를 쓰다듬는 것으로도 모자라서 아예 두들겨 팼었다.

"이제 술 사러 가자."

그러나 호선은 호리의 기분 따윈 아랑곳하지도 않은 채 두 팔로 호리의 팔을 껴안듯이 잡고 거리로 이끌면서 얼굴 가득 기대 어린 표정을 지었다.

"맛이 없어. 시큼털털해."

"향기가 이상해. 노린내 같아."

"너무 약해. 싱거워."

"다 싫어. 맛이 없어."

연신 그렇게 종알거리면서 호선은 한사코 고개를 살래살래 가로저었다.

호리 일행은 숭명현에서도 가장 유명한 주조가(酒造家) 안에 들어와 있었다.

해적선과 충돌하여 침몰하기 지전에 놓았던 호리궁을 구해준 호선이 너무 고마웠던 호리는 이번에는 값싼 황주보다 더 맛있는 고급 술을 사주려고 작정했다. 돈도 넉넉하니까 그 정도는 해줄 수 있었다.

　그런데 어찌 된 일인지 주조가의 점원이 맛있고 좋은 술이라면서 입에 침이 마르도록 선전하며 내놓은 갖가지 미주(美酒)들을 조금씩 맛을 보던 호선은 한사코 고개를 가로저으면서 내놓는 족족 퇴짜를 놓는 것이 아닌가.

　그러더니 작은 주먹을 움켜쥐면서 단호하게 외치듯이 자신의 주장을 밝혔다.

　"난 황주가 좋아! 황주 사줘! 많이!"

　결국 호리는 모처럼 큰 마음먹고 선심을 좀 쓰려던 것을 철회할 수밖에 없었다. 돈이 굳으니 좋기는 하지만 영 입맛이 씁쓸했다.

　그녀는 아무것도 모르고 무조건 황주만 고집하는 것이 아니라, 주조가의 점원이 권하는 술을 조심스럽고도 정성껏 맛을 보고 난 연후에 나름대로 황주가 제일 맛있다는 결론을 내린 것이니 술맛을 모른다고 구박을 할 수도 없는 일이었다.

　"황주 있소?"

　"있… 습니다."

　값비싼 술을 팔 기회를 잃은 점원의 대답은 떨떠름했다.

　"몇 병이나 필요하십니까?"

　"열 병 주시오."

　"잠깐!"

　창고로 술을 가지러 가려던 점원을 호선이 불러 세웠다.

"병 말고 항아리 같은 것은 없느냐?"

아무에게나 반말이었다. 호리는 그녀가 존대를 하는 것을 한 번도 본 적이 없었다.

"열 근짜리 항아리가 있소만……."

"그것으로 줘."

"한 항아리면 되겠습죠?"

"백 항아리."

점원은 창고로 가던 발걸음을 다시 멈춰야만 했다. 그는 웬 농담을 그리 무식하게 하느냐는 듯한 얼굴로 호선과 호리를 번갈아 쳐다보았다.

"괜찮지?"

"백 항아리는 너무 많잖아."

호리가 타일렀지만 호선은 막무가내였다.

"뻗게 해준다면서?"

"한 번에 백 항아리 마시면 죽어."

"안 죽어."

"어허! 죽는다니까."

"마시는 것 보면 되잖아. 죽나 안 죽나."

"그러지 말고 조금만 사자."

"약속 어기려는 거야?"

"그게 아니라 너무 많잖아."

"절대 안 돼! 한 항아리도 양보 못해."

점원은 어이없는 표정으로 두 사람을 쳐다보았다.

한 근짜리 한 병만 마셔도 인사불성이 되는 황주를 저토록 아름다운 소녀가 열 근, 즉 열 병짜리 항아리로 하나도 아니고 백 항아리를 마실 수 있다, 못 마신다 실랑이를 하고 있으니 기가 막힐 노릇이었다. 주조가 점원 생활 십여 년에 호선 같은 손님은 처음이었다.

결국은 큰 마음먹고 호선이 양보하기로 했다.

그래서 황주 아흔아홉 항아리를 샀다.

반나절 만에 호리궁은 말끔하게 수리를 끝냈으며, 호리 일행은 포구에 끌어다 놓은 호리궁에서 하룻밤을 보내고 다음 날 동이 트기 무섭게 숭명현을 출발했다.

호리궁을 수리하는 김에 몇 가지 자질구레한 공사도 겸해서 했다.

선실과 중간층의 거실, 그리고 다섯 개의 방과 하창으로 계란 굵기 정도의 철관을 거미줄처럼 연결시켰다.

예전에는 선실에서 거실이나 방에 있는 사람을 부를 경우 큰 소리를 질러도 제대로 들리지 않았었다.

그런데 이제는 어디에서나 철관에 대고 가만히 속삭이기만 해도 잘 들리게 되었다.

그리고 중간층 뒷방을 수련실로 꾸몄다.

항주성에 있을 때 하루도 쉬지 않다시피 하면서 고된 수련을 했던 호리였는데, 여행 이후에는 짬짬이 소정심법을 운공하는 것 외에는 수련은 아예 손을 놓고 있는 상태였다.

낙양까지는 얼마나 걸릴는지도 점칠 수 없는 멀고도 오랜 여행길이다.

그동안에 무작정 수련을 쉬면서 허송세월을 보낸다는 것은 호리로서는 절대 있을 수 없는 일이었다.

또한 호리는 호선에게서 놀라운 무술을 한두 가지 정도 배우게 되기를 은근히 기대하고 있었다. 그러기 위해서라도 수련실이 반드시 필요했다.

마지막으로 원래 있던 측실(廁室:변소)을 없애고 새로 다른 장소에 만들었으며, 목욕실도 하나 만들었다.

원래의 측실은 중간층 계단 옆에 한 사람이 겨우 들어갈 수 있을 정도의 좁은 공간 바닥에 쪼그리고 앉아서 용변을 볼 수 있도록 널빤지 두 장을 깔아놓은 것이 전부였었다.

또한 아래에 커다란 통을 두어 일정 기간이 지나 대소변이 가득 차면 퍼내서 버려야 하는, 대부분의 배들이 사용하고 있는 방식의 측실 구조였다.

사실 측실을 고친 이유는 순전히 호선 때문이었다. 호리는 감포를 떠나 숭명현까지 오는 나흘 동안 호선이 한 차례도 측실에 가지 않았다는 사실을 알고 있었다.

그래서 그녀가 측실을 사용하는 것을 불편해하는 것이라고 판단한 것이다.

사람들이 오가는 계단 바로 옆에 측실이 있다는 사실도, 엉덩이를 까고 앉아 있는 아래에 오물이 쌓여 있는 것과 냄새가 물씬물씬 풍겨 오르는 것도 그녀가 싫어한다고 여기는 것이었다.

호리는 기억을 잃기 전의 호선의 신분이 매우 고귀했을 것이라 짐작하고 있었으므로, 그녀의 결벽증을 충분히 이해할 수 있다고 생각했다.

측실과 목욕실은 수련실 맨 뒤 양쪽에 만들었다. 이유는, 측실과 목욕실에서 나오는 오물과 오수를 그때그때 즉시 버릴 수 있도록 설비를 갖추었기 때문이다.

감포를 출발한 지 나흘째, 호리궁은 숭명현 포구를 뒤로하고 장강을 거슬러 오르기 위해 출발했다.

호선은 자신의 방에 틀어박혀서 두문불출 술만 마셨다.

호선의 욕심 같아서는 황주 술 항아리 아흔아홉 개를 몽땅 자신의 방에 갖다 놓고 싶은데 방이 좁아서 그러지 못하는 것이 원통할 따름이었다.

기억을 잃기 전에 그녀의 술을 마시는 습관, 즉 주도(酒道)

가 어땠는지는 모를 일이지만 호리에게 구함을 받은 이후 두 번에 걸쳐서 술을 마시는 사이에 새로운 주도의 기틀이 마련되었다.

처음에는 걸신이 들린 듯 허겁지겁 마셨다. 그러면서 술맛을 조금쯤은 알게 됐다.

두 번째에는 술의 깊은 맛을 처음으로 알게 되었고, 그래서 음미를 할 줄 알게 되었다. 그리고 나름대로 아껴서 마시려고 노력했었다.

이번이 세 번째, 놀랍게도 그녀는 하루에 딱 한 개의 술 항아리만 비우고 있었다.

그녀의 주량을 익히 알고 있는 호리와 친구들은 그녀가 술을 절제하고 있다는 사실에 매우 놀랐다.

그녀가 지난 두 번의 술자리에서 보여준 술 실력으로는 하루에 황주 삼십 병, 즉 세 항아리쯤은 거뜬할 것이라는 추측이 가능한데도 말이다.

그녀의 모습을 볼 수 있는 유일한 시간은 그녀의 방에 술 항아리를 가져다줄 때뿐이었고, 또 그녀를 볼 수 있는 유일한 사람은 철웅뿐이었다.

호리는 하루의 거의 대부분을 운공과 권각술 수련으로 보냈고, 가끔씩 철웅과 교대하여 호리궁을 몰기도 했다.

은초는 자기 방에 틀어박혀서 무얼 하는지 숭명현을 떠난

지 나흘이 지나도록 코빼기도 보이지 않았다.

그 바람에 철웅만 호선의 술심부름을 도맡게 되었다.

숭명현 포구에서 하룻밤을 보내던 날 저녁에 호선은 황주 아흔여덟 항아리를 하창에 놔둔 채 술 항아리 하나만 갖고 자신의 방으로 들어갔다.

그녀는 술 항아리 하나만으로 하룻밤을 보냈다.

다음날 아침, 호리궁이 숭명현을 출발한 지 반 시진쯤 지났을까? 타주를 잡고 있는 철웅 앞쪽 벽에 이번에 새로 만들어 단 철관, 즉 전음통(傳音筒)에서 맑고 그윽한 호선의 목소리가 흘러나왔다.

"누구, 하창에서 술 한 항아리 가져오너라."

철웅은 배를 모는 중이었기 때문에 누군가 그녀에게 술을 갖다 줄 것이라고 생각했다.

그런데 일각쯤 지난 후에 호선이 또다시 술을 가지고 오라고 조금 전처럼 조용히 주문했다.

전음통은 호리궁의 곳곳에 연결되어 있기 때문에 호리나 은초가 호선의 말을 듣지 못했을 리 만무한데, 반 각이라는 시각이 더 흐르는 동안 아무도 그녀에게 술을 갖다 주는 기미가 없었다.

철웅은 바짝 긴장했다. 호선의 성깔이 폭발하면 호리를 제외한 철웅 자신과 은초만 죽어날 것이기 때문이다.

철웅은 조심스럽게 전음통에 귀를 갖다 댔다. 호리는 권각술을 수련하는지 투닥거리는 소리가 들렸고, 은초는 뭘 만드는지 깎고 두드리는 소리가 전음통으로 전해져 왔다.

결국, 후환이 두려운 철웅은 네 개의 돛 모두를 내려놓고 배가 완전히 정지한 후에 직접 하창으로 내려가서 술 항아리 하나를 호선에게 갖다 줄 수밖에 없었다.

그렇게 나흘 동안 철웅이 날라다 준 술이 네 항아리였다.

나흘째 밤. 호리궁은 이름 모를 어촌 마을의 작은 포구에 정박하여 하룻밤을 보내고 있었다.

중간층 거실의 식탁에 호리와 철웅, 은초가 둘러앉아 막 식사를 끝낸 참이다.

"너희에게 할 말이 있다."

항주성에 있을 때는 일을 끝내든가 무슨 일이 있어서 셋이 모이기만 하면 의례히 술을 마셨는데, 감포에서 출발하고 나서는 아직 누구도 술을 마시자는 사람이 없었고, 그런 분위기도 조성되지 않았다.

물론 지금도 술자리는 아니다.

은초는 숭명현을 출발하고부터는 아침과 저녁 하루 두 끼 먹는 식사가 끝나자마자 부리나케 자기 방으로 들어가 무엇인가에 몰두했는데, 오늘 저녁은 그러지 않았다.

아마도 호리가 자리를 지키고 있어서 그런 듯했다.

호리와 철웅, 은초 세 사람은 친구 사이지만, 철웅과 은초 두 사람은 호리를 신뢰하면서도 매우 어려워했다.

그것은 마치 제자가 사부를, 아우들이 맏형을 대하는 태도와 비슷했다.

그러나 현재 세 사람이 기리단금(其利斷金)하는 절친한 사이가 아니라는 것만은 분명했다.

한 사람, 철웅만은 예외였다. 우직한 그는 호리를 위해서라면 목숨이라도 바칠 각오가 되어 있었다.

호리는 꼿꼿하게 앉아서 고개를 약간 숙인 채 무슨 생각에 잠겨 있었다.

철웅과 은초는 호리가 뭔가 할 말이 있다는 것을 느끼고 그가 말을 꺼내기를 기다렸다.

이윽고 호리가 고개를 들더니 두 손을 탁자 위에 모아 깍지를 끼면서 입을 열었다.

"너희, 내가 사부님께 무도관을 열어드리면 그곳에서 나와 함께 사는 것은 어떠냐?"

그 얘기는 항주성에서 철웅과 은초가 한사코 호리를 따라가겠다고 할 때 잠깐 비친 적이 있었지만, 그것에 대해서 정식으로 대화를 나눈 적은 없었다.

철웅은 덤덤했으나 은초는 설핏 긴장하는 기색이 보였다.

"그냥 무도관만 운영할 거야?"

은초가 조심스럽게 물었다.

"그럴 생각이다."

호리의 담담한 대답에 은초는 잠시 동안 입을 다물고 있었다. 무도관에 대해서 자세히는 알지 못하지만, 평생 무도관에서 썩게 된다면 대단한 인물이 되지 못하리라는 것쯤은 짐작할 수가 있다.

"나는 호리가 무엇을 하든, 죽을 때까지 같이 있고 싶다. 호리가 날 버리지만 않는다면."

은초가 생각하는 사이에 철웅이 범종을 울리는 듯한 목소리로 제 가슴을 쿵쿵 치며 말했다.

굳이 주먹으로 가슴을 두드리지 않아도 그의 말이 진심이라는 것을 호리는 알고 있다.

"그럼 북경이나 낙양, 장안 같은 성도(省都)에 무도관을 내는 것이 어때?"

은초가 기대 어린 표정으로 물었다.

"사부님께선 시골의 조용한 향읍(鄕邑)을 좋아하신다."

호리의 조용한 대답은 은초의 작은 기대마저도 허물어뜨리고 말았다.

"음……."

은초는 나직하게 앓는 소리를 냈다. 호리가 대성할 인물이라고 굳게 믿고 있는 자신의 안목은 여전하지만 그가, 아니, 그의 사부가 시골구석에 무도관을 낼 것이라는 소리는 영 마뜩찮았다.

시골에 처박혀 있어서는 대성할 인물 아니라 이미 대성한 인물마저도 오래지 않아서 쇠락해 버리고 말지 않겠는가.

호리는 은초를 설득하려고 들지 않았다. 어차피 매달리는 쪽은 은초였다.

호리는 은초가 함께하겠다고 하면 받아들일 것이고, 그게 아니라면 일말의 미련도 없이 버릴 것이다.

호리에게 우정의 진득함을 바라는 것은 애초부터 무리다. 최소한 은초가 알고 있는 호리는 그랬다.

그렇지만 은초에겐 야심이 있었다. 그렇다고 무엇이 되고 무엇을 이루겠다는 뚜렷한 목적이나 구체적인 계획이 있는 것은 아니었다.

그는 영리하긴 하지만 뚜렷한 목적과 구체적인 계획 같은 것을 세울 수 있을 만큼의 교육을 받은 적도 없었고, 세상을 많이 알지도 못했다.

그저 어느 방면으로든 큰 인물이 되고 싶었다. 엄청난 부자든가, 굉장한 권력을 쥐고 흔드는 인물 같은 것 말이다.

될 수만 있다면 재물과 권력을 양손에 거머쥔 인물이 되는 것이 가장 바람직했다.

그것이 은초의 목표였다. 신분이 종이었던 만큼, 그의 야심은 차라리 열망이라고 할 수 있을 정도로 간절한 것이었다.

"네놈은 언젠가는 큰일을 저지를 놈이다. 대성할 인물이 아니라 일을 저질러서 제 명에 죽지 못할 반골(反骨)이라는 말이다. 명심해라. 네놈의 운을 바꾸어 제대로 틔우기 위해서는 대성(大成)할 인물을 찾아서 그 곁에 그림자처럼 붙어 있어야 한다는 사실을."

은초가 무창 어느 대부호의 집에서 종살이를 하던 혹독한 시절, 뒷문으로 시주를 하러 왔던 어느 땡추중이 은초를 보고 혀를 차면서 했던 말이다.

그저 죽을 때까지 남의 집 종살이를 하는 것이 자신의 팔자려니 여기고 살아왔던 십오 세 은초는 며칠 후 대부호 저택에서 탈출해 나왔다.

주방에서 찬모와 반빗이치로 종살이를 하던 모친과 누나에겐 반드시 성공해서 데리러 오겠다는 편지를 남긴 채.

그리고 이리저리 일 년여를 떠돌던 은초가 마침내 발견한 대성할 인물이 바로 호리였다.

그런데 그 호리가 사부를 모시고 시골구석에 무도관을 차리겠다는 것이다.

하늘을 봐야 별을 따든 달을 따든 할 것이 아니겠는가. 일을 꾸며도 어떻게든 대도에서 벌여야지 시골구석에서는 영 가망이 없어 보였다.

골똘히 생각에 잠겨 있는 은초를 지켜보던 호리가 툭 한마디 던졌다.

"네가 날카로운 송곳이라면, 어디에 있든 주머니를 뚫고 밖으로 나올 것이다."

그 말에 은초가 번쩍 고개를 들었다. 그의 표정이 환하게 밝아지기 시작했다.

호리는 은초의 남다른 재능을 두고 한 말이었는데, 은초는 그 말을 호리에게 적용시켰다.

'그 말이 맞다! 용이 둥지를 틀면 그곳이 바로 용소(龍沼)지 대도가 무슨 상관이겠는가!'

은초는 그 자리에서 일어나 언제 고심했었느냐는 듯 두 손을 맞잡고 호리에게 정중히 허리를 굽혔다.

"나 은초, 부족한 것이 많은 놈이니 아무쪼록 앞으로 잘 이끌어다오!"

호리는 물끄러미 그를 바라보다가 슥 일어나 뒷방 수련실로 걸어가면서 툭 내뱉었다.

“둘 다 따라와라.”

그날 밤부터 연 사흘 밤 동안 호리는 철웅과 은초에게 사문의 소정심법을 전수해 주었다.

第十六章
봉황무(鳳凰舞)

호리궁은 숭명현을 출발한 지 열이틀째 만에 강소성의 성도인 금릉(金陵:남경)에 당도했으나 들르지 않은 채 그냥 지나쳐 갔다.

한가하게 여행을 하는 것이 목적이 아니라 하루빨리 낙양에 도착해야만 하고, 배에는 하선하지 않고서도 서너 달은 느루 버틸 수 있는 식량과 생필품이 넉넉하므로 굳이 여기저기 기항할 필요가 없었다.

호리의 마음 같아서는 호리궁의 모든 돛을 다 펼치고 쏜살같이 달려가고 싶었다.

하지만 장강이 드넓다고는 하나 오가는 배들이 많아서 부딪칠 위험이 있어 그러지 못하는 것이 안타까웠다.

가만히 계산을 해보니 이런 식으로 가면 낙양까지 서너 달은 족히 걸릴 것 같아서 일각이 여삼추 같은 호리의 애간장은 바짝바짝 타 들어가기만 했다.

만약 사매 연지가 무황성의 이소성주라는 자에게 붙들려 간 오해가 풀리지 않아서 아직도 무황성에 갇혀 있는 몸이라면, 그래서 나이 드신 사부가 무황성 주변을 맴돌면서 딸의 구명활동을 하다가 병이라도 얻으셨다면 어찌할까.

이런저런 걱정 때문에 호리는 밤에 잠을 이루지 못하고 뒤척일 뿐이었다.

"누가 술 가져와라."

전음통에서 호선의 낭랑한 목소리가 두 번이나 흘러나왔지만 반 시진이 지나도록 그녀에게 술을 가져다주는 사람은 아무도 없었다.

척!

호선은 드디어 열나흘 만에 방에서 나왔다.

그녀는 이리저리 기웃거리지도 않고 곧장 수련실로 걸어가서 벌컥 문을 열었다. 그곳에 세 사람이 모여 있는 숨소리를 감지했기 때문이다.

호리와 철웅, 은초는 수련실 한가운데에서 안쪽을 향해 삼각을 이루어 가부좌를 틀고 앉은 채 운공조식에 몰두하고 있는 중이었다. 그래서 아무도 호선에게 술을 가져다주지 못했던 것이다.

철웅과 은초는 소정심법을 배운 지 오늘로 열흘째다.

은초는 영리하여 구결을 전수한 다음날부터 가부좌를 틀고 앉아서 운공을 시작했었다.

그러나 우직한 철웅은 닷새나 지나서야 첫 운공조식을 성공할 수 있었다.

어쨌든 두 사람은 제법 운공조식의 자세를 잡고 깊이 몰두하고 있었다.

호선은 호리에게 시선을 주고 잠시 바라보다가 조용히 방문을 닫고 나왔다.

그런데 어쩐 일인지 그녀는 술 항아리가 있는 하창으로 내려가지 않고 오히려 계단을 밟아 선실로 올라가더니 곧 후갑판으로 나왔다.

밤하늘 한복판에는 휘영청 늦가을의 만월이 떠서 시린 달빛을 온 누리에 뿌리고 있었다.

강바람이 매우 차가웠으나 호선은 조금도 추위를 느끼지 못했다. 무릇 내공이 깊은 사람은 추위와 더위를 타지 않는 법이다.

호선은 숭명현을 출발하기 전날을 포함하여 열나흘 동안 하루도 거르지 않고 열다섯 항아리의 술을 마셨다.

하루에 한 항아리의 독한 황주를 마시고서도 끄떡도 하지 않는 이유는 순전히 그녀가 지니고 있는 정심하고도 높은 내공 덕분이었다.

그렇다고 해서 아예 취기를 느끼지 못하는 것은 아니다. 식사도 하지 않은 채 한 항아리 열 근의 황주를 마신 호선은 언제나 적당하게 취했고 지금도 그런 상태였다.

그녀가 술을 마시는 데에는 몇 가지 이유가 있지만, 그중에서도 가장 큰 것은 취해 있는 동안만큼은 깊은 시름을 잊을 수가 있기 때문이었다.

그녀의 시름은 당연히 자신에 대해서 아무것도 기억하지 못한다는 사실이었다.

그녀도 오욕칠정을 지닌 사람이 분명할진대 어찌 자신이 현재 처해 있는 이런 황망한 처지를 도외시한 체 희희낙락하고만 있을 수 있겠는가.

그렇다고 자신의 목숨을 구해준 은인 호리에게 기억까지 되찾아달라고 떼를 쓸 수도 없는 노릇이고, 기억을 되찾는 것이나 그것 때문에 괴로워하는 것은 순전히 호선 혼자만의 아람치인 것이다.

호리를 만난 이후 겉으로 다친 상처의 아픔보다도 기억을 잃은 정신이 더 아프고 괴로웠지만, 호리 앞에서는 일절 내색하지 않았었다.

　이유는 단순하고도 간단했다. 그를 힘들게 하지 않으려는 것이고, 귀찮게 하고 싶지 않았으며, 혹여 그런 것 때문에 일면 매정한 것 같기도 한 호리가 귀찮다고 자신을 쫓아낼까 봐 사실 그것이 조금 두렵기도 했다. 호리에게서 쫓겨나면 그녀는 이 넓은 천하에 갈 곳이 없다.

　호선의 원래 성품은 생각이 많고 사려가 깊은 사람이었다. 그것이 기억을 잃었다고 해서 한순간에 깡그리 사라지는 것은 아닐 터이다.

　그녀가 처음에 술을 입에 댔을 때에는 알 수 없는 알싸한 기분에 빠져 술에 취해 있는 동안만큼은 시름을 잊을 수 있어서 좋았었다.

　그러나 두 번째에는 더 많은 술이 필요했다. 대여섯 병의 황주로는 도통 시름이 지워지지 않았다.

　딱 한 번 술을 마셨을 뿐인데 술에 내성(耐性)이라도 생긴 것인지, 두 번째에는 황주 열 병을 다 마셨어도 처음만큼 취하지 않았을뿐더러 시름도 싹 걷어지지 않았었다.

　그런데 지금은 이상했다. 하창에 저리도 술이 많은데, 그래서 마음만 먹으면 하룻밤에 다 마셔 버려 이 지긋지긋한 시름을 술에 취해 있는 동안만이라도 깡그리 잊으려고 시도해 볼 수도 있으련만, 그녀는 그렇게 하지 않았다.

어찌 된 일인지 더 이상 술로는 시름이 잊혀지지도 씻어지지도 않았기 때문이다.

그런 사실이 또 호선의 새로운 시름이 돼버렸다. 이제는 그 무엇으로도 시름을 달랠 수 없다는 사실이…….

호선은 뱃전 난간 가에 서서 강 건너 야공에 둥실 떠 있는 만월을 바라보았다.

붉으면서도 시린 달이었다. 그것을 보고 있자니 왠지 마음이 포근해지는 느낌이었으며, 예전에도 달을 무척 좋아했던 것 같은 기분도 들었다.

문득 그녀는 적당하게 오른 취기와 고아한 주위 풍경에 젖어 자신도 모르게 낭랑한 옥음을 흘렸다.

"산 그림자는 밀어도 나가지 않고[山影推不出], 달빛은 쓸어도 다시 생기는도다[月光掃還生]."

그때 선실 밖으로 막 걸어나오던 호리는 호선이 시구를 읊조리는 목소리를 듣고 가볍게 놀라는 표정을 지으면서 후갑판 쪽을 쳐다보았다.

강바람에 머리카락을 흩날리면서 교교(皎皎)한 달빛을 받아 빛나는 호선의 모습이 난간 가에 있었다.

그 순간의 호선의 자태는 정녕 인간의 그것이 아닌 듯했다.

온통 휘황한 달빛에 감싸인 그 모습은 달빛의 정령(精靈)처럼 신비롭게만 보였다.

아니, 월궁(月宮)에 산다는 항아(姮娥)가 달빛을 타고 내려와 인세에 잠시 현신한 듯했다.

호리는 홀린 듯한 얼굴로 호선을 바라보았다. 그가 원래 여자에 대해서 잘 모르고, 또 아무리 아름다운 여자라고 해도 마음이 추호도 흔들리지 않는 심성을 지녔다는 것은 지금 그가 보고 있는 광경과 하등의 상관이 없었다.

사람은 대자연의 장엄함과 아름다움을 보고 경탄하고 심취하지만 그것에 욕정이나 사심을 품지는 않는다.

지금 호선의 모습이 그러했다. 그녀는 그저 대자연의 일부처럼 경외한 존재일 뿐이었다.

잠시가 지나서야 호리는 정신을 수습할 수 있었다. 그러나 달아났던 넋을 다시 찾은 것뿐이지, 아직 호선의 아름다운 자태에서 자유로워진 것은 아니었다.

스읏—

그 순간 호선이 만월을 바라보던 그 자세 그대로 밤하늘로 곧장 솟구쳐 올랐다.

도약할 자세를 취했다가 힘껏 솟구친 것이 아니라, 그저 가만히 서 있다가 하나의 낙엽이 회리바람에 휘감겨 떠오르듯,

그렇게 만월 속으로 쏘아 올랐다.

　호리는 호선의 느닷없는 도약에 깜짝 놀랐다.

　동시에 그녀가 달빛을 타고 거슬러 올라 자신의 고향인 월궁으로 돌아갈 것만 같은 착각을 느꼈다.

　오오오―

　그때 호리는 이상한 소리를 듣고 움찔 놀랐다.

　그것은 사람이나 짐승이 내는 것이 아니라 대자연이 내는 소리 같았다.

　몹시 크고 쩌렁쩌렁한 소리 같았는데도 고막이 울린다거나 허공과 강물이 떨어 울리지는 않았다.

　만약 태양이나 달이 소리를 낸다면 그런 소리를 낼 것 같다는 생각이 들었다.

　그 소리는 매우 길게 이어졌으며 여운은 그보다 더 길었다.

　그런데 그 소리를 듣는 순간, 아니, 그 소리를 듣고 있는 동안 호리는 정신이 맑아지는 한편으로 가슴이 뭉클하는 슬픔을 느껴야만 했다.

　'정신이 맑아지고 가슴이 시린 소리라니… 도대체 어디에서 나는 소리인가?

　그러다가 그는 문득 호선이 달을 향해 솟구쳤다는 사실을 깨닫고 밤하늘에서 그녀를 찾아보았다.

　"아……!"

순간 그는 자신도 모르게 나직한 탄성을 터뜨렸다.

호선이 달 속에 있었다.

그 순간의 달은 조금 전에 보았던 달보다 열 배쯤은 더 거대해져 있었다.

오오오—

또다시 조금 전과 같은 소리가 들려왔다.

호리는 그 소리가 달에서 흘러나오고 있다는 사실을 깨달았다. 아니, 달이 아니라 호선이 내는 소리였다.

'봉황(鳳凰)이다……!'

그 순간 호리는 두 가지 사실을 깨달았다. 아까보다 훨씬 거대해진 달 속에서 너울너울 춤을 추고 있는 호선의 모습이 흡사 봉황을 닮은 것 같았고, 그녀가 내는 소리는 봉황의 울음소리 같았다.

물론 봉황은 전설 속의 영물이라 호리가 한 번이라도 봤을 턱이 없고 그 울음소리를 들었을 리 없지만, 그는 그렇게 생각했고 또 믿었다.

호선이 뱃전에 서서 만월을 바라볼 때에는 월궁항아 같더니, 정작 달 속에 있으니 한 마리 봉황처럼 보였다.

그녀는 달 속에서 춤을 추고 있었다. 그렇지만 아름답다는 생각은 들지 않았다. 저 모습은 아름나움을 초월한 경이로움과 절묘함이었다.

호선이 봉황무(鳳凰舞)를 추면서 또다시 세 번째 긴 소리를 울려냈다.

오오오―

봉황후(鳳凰吼)였다.

호선은 가슴속의 시름을 내공을 실어 소리로써 날려 보내려고 무의식적으로 시도했는데, 그것이 자신도 모르는 사이에 봉황후가 된 것이었다.

원래 봉황후는 그 소리를 듣는 모든 사람의 고막과 심장과 혈맥을 터뜨려서 죽일 수도 있는 가공한 무공이다.

그러나 지금 호선은 단지 시름을 잊으려고 슬픈 봉황후를 토해내고 있었다.

호리는 눈도 깜빡이지 않은 채 호선을 올려다보았다. 아니, 그녀의 동작을 보는 것이었다.

왜 그때 갑자기 호선의 봉황무가 무술일는지도 모른다는 생각이 들었는지 모를 일이었다.

하지만 호리는 그것을 배울 요량으로 하나도 놓치지 않으려 애쓰면서 지켜보았다.

호리가 배운 백조비무격은 백 종류 새들의 동작을 본뜬 권각술이지만, 거기에 봉황은 들어 있지 않았다.

호리는 자신도 모르는 사이에 팔다리를, 아니, 몸을 움직이면서 호선의 봉황무를 따라 하고 있었다.

그런데 어느 한순간, 만월 속에서 춤을 추던 호선이 감쪽같이 사라져 버렸다.

'어디로…….'

고개를 한껏 들고 이리저리 밤하늘을 살펴보았지만 호선의 모습은 보이지 않았다.

'설마 이대로 가버린 것인가……?'

덜컥!

호리의 가슴이 큰 소리를 내면서 내려앉았다.

그와 동시에 자신이 항주성 운하에서 낯선 소녀를 구하여 그녀를 치료하고, 또 호선이라는 이름을 지어준 여태까지의 모든 일들이 어쩌면 한낱 남가일몽(南柯一夢)이었는지도 모른다는 생각이 들었다.

'하아… 꿈은 아니었거늘…….'

호선을 구했을 때에도 만월이 둥실 떠 있던 밤이었고, 그녀가 떠난 지금도 같은 때이다.

호선은 정녕 월궁항아였다는 말인가?

호리는 달로부터 천천히 고개를 내리면서 착잡한 비애를 느껴야만 했다.

왜 그녀가 떠났다는 사실이, 여태까지의 일들이 어쩌면 꿈이었을지 모른다는 사실 때문에 이토록 가슴이 아리는지 이유를 알 수 없었다.

"아!"

순간 그는 화들짝 놀랐다. 강심장이라고 자부하던 그가 경탄성까지 터뜨렸을 정도였다.

그도 그럴 것이, 달 속으로 사라졌다고 생각한 호선이 조금 전처럼 뱃전에 오도카니 서 있는 것이 아닌가.

호리가 낸 탄성 때문인지, 그녀는 물끄러미 호리를 바라보고 있었다.

호리는 호선을 보면서 가슴이 벌렁벌렁 뛰고, 또 입 안이 가뭄의 논바닥처럼 바짝 말라붙었다.

방금 전에 자신이 보았던 것이 혹시 꿈은 아니었을까 하고 생각해 봤지만 절대 꿈은 아니었다.

호선도 호리처럼 빤히 바라보고 있었지만, 그는 그녀를 부르거나 어떤 행동을 취할 수가 없었다.

그러기에는 방금 전에 목격했던 그 엄청난 광경들이 너무나도 기억에 생생했다.

그때 호선이 미끄러지듯이 사붓사붓 호리에게 걸어와 한 걸음 앞에 멈추어 섰다.

필경 그녀는 평소와 조금도 다르지 않는 모습인데도 호리의 눈에는 그렇게 비치지 않았다.

그는 말을 꺼낼 생각도 하지 못한 채 놀라움이 가시지 않는 얼굴로 호선을 바라만 보고 있었다.

“나……”

그때 호선이 조용히 입을 열었다.

호리는 여전히 멀뚱한 얼굴로 호선을 쳐다볼 뿐이다.

“씻고 싶어.”

그러고 보니 호선은 항주성을 떠나기 전날 목욕을 하고 지금껏 몸을 씻지 않았다.

호리는 수련실에서 운공조식을 하고 있던 철웅과 은초를 각자의 방에서 하라고 내보낸 후 주방에서 물을 데워 목욕실 욕통으로 대여섯 차례나 날랐다.

목욕실 안은 욕통의 뜨거운 물이 토해내는 수증기로 온통 뽀얗게 변해 있었다.

호선은 욕통 속에 꼿꼿한 자세로 앉아 있고, 호리는 욕통 옆에 멀뚱히 서서 하릴없이 건들거리고 있었다.

호리는 뜨거운 물 위로 드러난 호선의 희고 동그란 어깨며 깡충 올려 붙인 윗머리와 솜털이 보시시한 뽀얀 뒷목을 물끄러미 쳐다보다가는 뿌연 허공을 응시하기를 반복하며 무료한 시간을 보냈다.

서호 울겸림의 숲에서 호선을 목욕시킬 때에는 그녀가 욕통 속에 있는 동인에 호리는 목책 밖에서 권각술 수련이라도 할 수 있었다.

그렇지만 이곳 목욕실 안에서, 그것도 뽀얀 수증기 속에서는 권각술을 수련할 수가 없었다.

"기다리기 지루하면 호리도 같이하자. 욕통이 크니까 둘이 들어앉아도 될 거야."

그때 호선이 돌아보지도 않은 채 조용히 말했다.

"아, 아니! 난 됐어!"

호리는 처음에 그 말이 무슨 뜻인지 몰랐는데 잠시 곰곰이 생각한 후에야 깜짝 놀라서 호선에게는 보이지 않는데도 두 손을 마구 휘저어댔다.

욕통이 크다고는 하지만 둘이서 들어앉아 있으면 분명히 물속에서 살끼리 닿을 것이다.

아니, 그 정도가 아니라 아예 몸이나 팔다리가 눌리거나 겹쳐질 수도 있을 터이다.

그것이 아니다. 어찌 호리가 호선과 벌거벗고 함께 욕탕 속에 들어앉을 수가 있겠는가. 천부당만부당 꿈조차 꾸어본 적이 없는 일이었다.

'애가 못하는 소리가 없어. 벌거벗고 함께 목욕을 하자니…….'

목욕실 안이 덥다는 이유 말고 또 다른 이유 때문에 호리는 땀을 뻘뻘 흘리면서 슬쩍 호선을 흘겨주었다.

그 유명한 항주성의 여우 호리가 호선의 말 한마디에 전전

궁궁할 줄 누가 알았겠는가.

그렇지만 그는 호선이 음탕해서 그런 말을 했다고는 추호도 생각하지 않았다.

그녀는 음탕하고는 거리가 먼 여자였다. 그저 순진무구하고 워낙 호리하고는 허물이 없어서 그랬을 것이다.

뜨거운 목욕물 속에 앉아 있으면 위엄있는 사람도 흔히 나른함을 느껴 편안한 자세가 되는 법이다.

그런데 호선은 처음에 욕통 안에 들어가서 자리를 잡고 앉은 자세 그대로 요지부동 꼿꼿했다.

서호 울겸림에서 두 번의 목욕 때에도 그랬었고, 지금도 마찬가지였다.

그렇다고 호리가 있기 때문에 흐트러진 자세를 보이지 않으려고 애써 꼿꼿하게 앉아 있는 것이 아니었다.

그럴 호선도 아니고, 더구나 두 사람은 알몸까지 숱하게 보고 또 만진 사이라 새삼스레 그럴 이유가 없었다.

아마도 오랜 세월 호선의 정신과 몸에 깊이 배어 있는 습관이리라.

호리는 이런 종류의 사람을 한 번도 본 적이 없었다. 아니, 그런 사람이 있다는 말조차 들어본 적이 없었다.

이런 부류의 사람은 극소수일 테고, 누가 있으나 없으나 상관하지 않고 저리 꼿꼿하게 앉아 있을 터이다.

남에게 보이기 위함이 아니라, 스스로에게 더없이 엄격한 성품의 소유자가 분명할 테니까.

좌아아―

그때 욕통 속에 이각 정도 앉아 있던 호선이 살며시 몸을 일으켰다.

수증기 속에 눈처럼 희고 뽀얀 옥체가 물방울을 흘리면서 뜨거운 김을 무럭무럭 뿜어내고 있었다.

손가락으로 슬쩍 건드리기만 해도 터져 버릴 것만 같은 탱글탱글한 살결이었다.

호선이 호리 쪽으로 빙글 몸을 돌리면서 가녀린 팔을 뻗었다.

저것이 과연 뼈와 살과 피로 이루어진 사람의 팔일까 하는 의문이 들 정도로 잡티 한 점 없이 고운 팔이었다.

그녀가 팔을 내민 이유는 욕통 밖으로 나오는 것을 도와달라는 뜻이었다.

지난 두 번의 목욕 때에도 호리가 팔을 잡아주어 그녀가 욕통에서 나올 수 있게 거들었었다.

호리가 손을 잡아주자 호선이 한쪽 발을 들어 욕통 위에 얹고 몸을 위로 띄웠다.

"……!"

그때 호리의 시선이 무심결에 호선의 몸 한곳에 이르렀다가 두 눈이 커다랗게 떠졌다.

그의 시선이 고정된 곳은 눈처럼 뽀얗고 길며 포동포동한 두 개의 허벅지가 시작되는 부위였다.

울겸림에서의 지난 두 번 때에도 호선이 욕탕에서 나올 때 이런 식으로 도와주다가 샅의 거웃을 본 적이 있었다.

그러나 그때는 그저 무심히 스치듯 지나쳤었는데 이번에는 제대로 그곳에 시선이 고정돼 버린 것이다.

더구나 호선이 한쪽 발끝을 욕탕 위에 얹은 채 다리를 찢듯이 한껏 벌리고 있었으므로, 호리는 거웃 안쪽의 붉은 꽃잎이 살짝 드러난 것을 기어코 보고 말았다.

뽀얀 수증기 속에서도 붉은 꽃잎은 왜 그리도 선명하게 잘 보이는 것인지 모를 일이었다.

호리의 동작과 호흡이 뚝 멈추었으며, 시선은 호선의 꽃잎에 뚫어지게 고정되어 있었고, 얼굴에는 놀라움과 당황함이 뒤섞인 채 떠올라 있었다.

음탕함이 있어서가 아니다. 무인이 새로운 무공을 보고 신기하여 넋을 뺏기고, 약초꾼이 알지 못하던 새로운 풀을 보고 감탄하듯, 호리의 지금 심정이 그랬다.

단지 난생처음 보는 생경한 여체의 한 부분을 발견하고는 신비한 놀라움에 젖어 있을 따름이었다.

문득 호선의 시선이 호리의 시선을 좇아 자신의 그곳으로

향하더니 슬쩍 다리를 오므리면서 욕통에서 밖으로 내려섰
다.

"그럼 못 써."

그러나 그녀는 호리를 가볍게 책망하고는 바닥에 놓인 나
지막한 나무 의자에 기품 있는 동작으로 살포시 앉았다.

"캑! 콜록! 콜록!"

넋을 빼고 있던 호리는 그녀의 말에 화들짝 놀라 급히 숨을
들이키다가 격렬하게 기침을 해댔다.

아마 자신도 모르는 사이에 입 안에 침이 가득 고여 있었던
모양인데, 깜짝 놀라서 급히 숨을 들이키다가 침이 기도로 들
어갔기 때문이다.

허리를 꺾고 한참이나 기침을 하다가 얼굴이 뻘게져서 호
선을 보니, 그녀는 깎은 듯이 꼿꼿하게 앉은 채 호리가 몸을
씻어주기를 기다리고 있었다.

심히 꾸짖지도 않고, 호들갑을 떨지도 않는 그녀의 행동에
서 호리는 방금 전에 보인 자신의 행동이 얼마나 천박했는가
를 뉘우쳤다.

평소에는 철모르는 누이동생처럼 굴다가도, 아주 가끔 이
런 식의 설명하기 어려운 깊은 수양과 존귀함을 보이는 호선
을 호리는 도시 이해할 수가 없었다.

지금하고는 많이 다른 경우지만, 아까 후갑판에서 호선이

보여준 신비한 모습 또한 그녀를 이해하기 어렵다는 점에서 맥을 같이하는 것이었다.

지금도 그녀는 꼿꼿하고 정결히 앉아서 호리의 손길을 기다리고 있었다.

아마도 호리가 몸을 씻겨주지 않으면 밤새 그렇게 앉아 있을 듯했다.

호리는 호선이 듣지 못하도록 한 차례 심호흡을 크게 한 후 부드러운 천을 욕통의 뜨거운 물에 담가 적신 후 호선 뒤로 다가섰다.

그런데 수건에 계근유를 묻히려고 보니 목욕실에 갖다 놓지 않은 것을 그제야 깨달았다.

크게 당황해 열도 펄펄 나는 터라서 바깥바람이나 좀 쐬어야겠다 싶은 생각에 호리는 얼른 문을 밀고 목욕실 밖으로 나갔다.

쿵! 쿵!

"어이쿠!"

"왁!"

순간 나무 문이 무엇인가에 묵직하게 부딪치면서 두 마디 고통스러운 비명 소리가 터져 나왔다.

가볍게 놀라는 호리의 눈에 철웅과 은초가 뒤로 발라당 넘어지면서 볼썽사납게 엉덩방아를 찧는 모습이 고스란히 쏘아져 들어왔다.

"뭐야, 너희들?"

"아… 저……."

"그, 그게 말이야, 호리야… 우리는……."

호리의 미간이 슬쩍 좁혀졌다. 길게 생각해 보지 않아도 두 놈이 목욕실 안의 호선의 알몸을 훔쳐보았거나, 호리와 호선이 그 안에서 무엇을 하는지 궁금하여 몰래 엿듣고 있었던 것이 분명했다.

"네놈들이……."

꼴에 사내라고, 그리고 호선을 그토록 무서워하면서도 그녀가 아름답다는 사실은 어찌어찌 알아가지고, 그녀의 벗은 몸을 한 번 볼까 하고 객기를 부리다가 결국 일을 내고 만 두 사람이었다.

철웅과 은초는 잔뜩 멋쩍은 얼굴로 엉거주춤 몸을 일으키다가 눈길이 자신들도 모르게 목욕탕 안으로 향했다.

문이 열렸으니 호선의 벗은 알몸을 볼 수 있을 것이라는, 얄팍한 본능이었다.

그 또한 화를 자초한 무모한 행동이기도 했다.

슥—

그러나 호리의 몸이 두 사람의 시선을 가리는 것이 조금 더 빨랐다.

이런 와중에서도 두 사람의 얼굴에 희미하게 아쉬움의 기색이 얼핏 스쳤다.

그러나 아쉬움은 너무도 끔찍한 징벌의 손길에 의해서 즉시 사라져 버렸다.

쉬잇!

그 순간 우뚝 서 있는 호리의 몸 양옆으로 투명한 빛을 반짝이는 흡사 보석 같은 열 개의 작은 알갱이들이 번갯불 같은 속도로 스쳐 지나갔다.

파파아아—

그 알갱이들이 엉거주춤 서 있는 철웅과 은초의 왼쪽 귀 밑과 오른쪽 겨드랑이, 턱 아래 등 다섯 군데 혈도에 정확하게 적중되며 더 작은 알갱이가 되어 허공에 흩어졌다.

호선이 물방울을 손가락으로 튕겨 날려 보낸 것이었다.

"호리. 아마 곧 시끄러워질 테니까 그 두 놈, 멀찍이 버려두고 와."

호리의 뒤에서 호선의 나붓나붓한 목소리가 들려왔다.

그 말이 무슨 뜻인지는 모르지만, 호리는 어차피 계근유를 가지러 하창에 가야 하므로 양손으로 철웅과 은초의 어깨를 붙잡고 수련실 문 쪽으로 질질 끌고 갔다.

그런데 어찌 된 일인지 본디 불곰처럼 거대한 체구의 철웅이 비틀거리면서 순순히 끌려 나왔다.

호리는 이상한 생각이 들어서 둘을 끌고 나가면서 철웅을 힐끗 보다가 가볍게 표정이 변했다.

철웅의 얼굴이 기이하게 일그러져 있었던 것이다. 울음보를 터뜨리기 직전이나 박장대소하기 직전의 그런 애매모호한 표정이었다.

급히 은초를 돌아봤더니 그 역시 마찬가지 상태였다.

그러더니 수련실 밖에 나서자마자 기어코 일이 터졌다.

"푸하하핫! 크큭크큭!"

"우헤헤헤헷! 킬킬킬킬!"

철웅과 은초가 똑같이 바닥에 쓰러지더니 데굴데굴 구르면서 미친 듯이 웃기 시작한 것이다.

호리는 어리둥절한 얼굴로 목욕실을 쳐다보았다. 문은 여전히 열려 있었다.

손을 뻗어 문을 닫으면 되겠지만 호선은 굳이 그렇게 하지 않았다. 원래 목욕을 할 때만큼은 손가락 하나 까딱하지 않는 그녀였다.

"내버려 둬. 한 시진쯤 웃다가 저절로 멎을 거야."

호선이 호리를 쳐다보지도 않은 채 나직이 말했다.

호리는 놀라는 표정으로 철웅과 은초를 쳐다보았다. 두 사람은 조금 전보다 더욱 격렬하게 웃으면서 바닥을 구르기도 하고 벅벅 기어 다니기도 하는 등 제정신이 아니었다.

잠깐 지났을 뿐인데도 두 사람은 웃느라 몹시 힘겨워했다. 눈에서는 눈물이 뚝뚝 떨어졌으며, 얼마나 용을 쓰는지 목과 이마에는 핏줄이 불끈 곤두섰다.

분명 괴로워하고 있는데도 얼굴에는 괴로운 표정보다는 웃는 표정이 더 가득했다.

'사람을 강제로 웃게 만들다니……'

그 사실에 호리는 아연실색하고 말았다. 호선이 무슨 수법을 사용했는지는 모르지만 신기하기도 했고, 또 한편으로는 두렵기도 했다.

호리는 눈앞에 벌어지고 있는 광경이 하도 괴이해서 계근유를 가지러 가야 한다는 사실도 잊은 채 반 각 동안 그 자리에 서서 물끄러미 구경을 했다.

"크크크큭…… 푸하하핫… 사, 살려줘… 호리야……."

"킬킬킬킬… 우헤헤헤헷! 제… 제발… 용서해 줘……."

철웅과 은초는 데굴데굴 구르면서 웃는 도중에 호리를 쳐다보면서 눈물콧물이 범벅된 얼굴에 애원의 표정을 지어 보이느라 애썼다.

그들은 겨우 반 각 동안 웃었는데 이미 목이 쉬어서 꺽꺽거렸고 안색이 해쓱했다.

호리는 두 사람을 이대로 한 시진 동안 내버려 둔다면 죽을지도 모를 것이라는 생각이 들었다.

"호선아, 그만 용서해 줘라."

호리의 말이 없었다면 호선은 한 시진을 고스란히 채웠을 것이 분명했다. 그녀는 호리 이외의 사람에게는 피도 눈물도 없기 때문이다.

사실 호리가 호선에게 그런 부탁을 한 데에는 또 다른 이유가 있었다.

그녀가 멀리 떨어진 곳에서 철웅과 은초의 웃음을 멈추게 할 수 있는지, 할 수 있다면 그 수법을 자세히 보려는 작은 욕심이 있었기 때문이다.

그때 호리는 호선이 이쪽을 향해 한 팔을 뻗는 것을 보고 바짝 긴장했다.

호선이 검지와 중지, 두 손가락을 가볍게 안쪽으로 구부리는 것이 보였다.

이어서 먼지를 털어내듯 두 손가락을 가볍게 튕겨냈다.

쌔애액!

순간 나지막하면서도 날카로운 파공성이 허공을 울리면서 손톱 크기의 작은 보석처럼 빛나는 알갱이 하나가 섬전을 방불케 하는 속도로 쏘아왔다.

그것의 속도는 지독하게 빨라서, 호리가 놀라는 표정을 짓기도 전에 수련실 문밖으로 쏘아져 나왔다.

손톱 크기의 알갱이는 문밖에 이르는 순간 쫙 흩어지듯이 갈라지면서 십여 개가 됐다.

다음 순간 십여 개의 작은 물 알갱이들은 철웅과 은초의 얼굴 아랫 부분과 상체에 나누어 가볍게 적중됐다.

파파파아아—

적중된 알갱이가 더 작게 부서지며 흩어지면서 반짝였다.

그중에 하나가 호리의 뺨에 튀었다.

'물방울?'

호리는 자신의 뺨을 쓰다듬으면서 알갱이의 정체를 깨닫고 크게 놀랐다.

도검이나 창도 아니고, 단지 물방울만으로 사 장여 거리를 격하여 사람을 맞추다니, 그것도 한 군데가 아닌 십여 군데 혈도를 정확하게 맞춘다는 것이 과연 가능한 일인지 호리는 믿어지지가 않았다.

"혁혁혁……."

"헥헥헥… 나 죽는다……."

철웅과 은초는 웃음을 뚝 그치고는 바닥에 길게 늘어져서 숨 가쁘게 헐떡거렸다.

호리는 아까 호선의 허벅지 사이 붉은 꽃잎을 본의 아니게 훔쳐볼 때와는 사뭇 다른 차분한 표정과 농작으로 호선의 몸을 부드럽게 닦아나갔다.

이윽고 어깨와 등을 다 닦고 호선의 앞으로 돌아갔다.

작고 동그란 어깨, 풍만하면서 조금도 처지지 않은 채 도도하게 솟아 있는 젖가슴, 그 아래 깎은 듯이 매끄럽고 잘록한 옆구리와 아랫배가 있었다.

호리의 시선이 아랫배 조금 아래 거뭇거뭇한 거웃으로 내려갔다. 그렇지만 아까와 같은 놀라움과 당황은 조금도 느끼지 않았다.

호리는 따뜻하게 적신 수건에 계근유를 묻혀 호선의 어깨며 젖가슴과 아랫배를 부드럽게 문지르면서 닦아 내려왔다.

그러면서 문득 생각이 나서 예전에 그녀가 다쳤던 상처들을 자세히 살펴보았는데, 왼쪽 젖가슴 위 검에 깊이 찔렸던 상처의 흔적만 아주 흐릿하게 남아 있을 뿐, 암기가 꽂혔던 스물한 곳 상처들은 흉터조차 남아 있지 않아서 호리는 다시 한 번 놀랐다.

그토록 심했던 상처가 불과 한 달여 만에 깨끗이 완치됐다는 사실을 차치하더라도, 호리의 상식으로는 그 상처의 흉터들이 죽을 때까지 남아야 있어야 당연했다.

그런데 암기가 꽂혔던 상처들은 고사하고, 가장 깊었던 왼쪽 젖가슴 위의 상처, 아니, 흉터마저도 얼마 지나지 않아서 찾아볼 수 없게 될 것 같지 않은가.

"일어나."

호리의 주문에 호선이 가만히 일어섰다. 아랫도리를 닦아
주려는 것이다.

호리는 무릎을 꿇고 앉아 땀을 뻘뻘 흘리면서 호선의 엉덩
이 쪽부터 닦기 시작했다.

개미허리처럼 잘록한 허리와 그 아래 탄력있고 아담한 두
개의 동산이 가지런히 자리했다.

호선은 호리가 닦기 편하도록 다리를 약간 넓게 벌리고 서
서 맞은편을 묵묵히 바라보고 있었다.

호리의 손이 호선의 엉덩이와 계곡 사이, 미끈한 허벅지와
다리를 닦고 다시 앞쪽으로 이어졌다.

이상한 일이었다. 아까는 호선의 붉은 꽃잎을 보면서 적잖
이 충격을 받았던 호리였건만, 지금은 그보다 더 자세히 볼
수 있고 또 만질 수 있게 됐어도 아무렇지 않았다.

열심히 닦는 호리나, 그에게 몸을 내맡긴 호선이나 추호의
사심도 없는 얼굴이었다.

第十七章
호선의 혼절

一擲賭乾坤

쉬엣!

한 자루의 암기가 은초의 손을 벗어나 일직선을 그으며 허공을 수평으로 갈랐다.

딱!

그가 던진 암기는 삼 장 거리의 맞은편 벽에 세워둔 과녁에 여지없이 꽂혔다.

암기는 길이가 다섯 치 정도에 앞쪽 세 치 반은 쇠이고 뒤는 잘 다듬은 나무인데, 끝이 회오리 모양 나선형으로 깎여서 날아갈 때 회전하게 만들어졌다.

과녁은 벽에 걸어놓은 네모난 판자인데 안에 소라 등 껍데기 모양의 다섯 개의 원이 점점 작게 그려져 있었다.

방금 던진 암기는 한복판에서 과녁의 두 번째 원 안에 꽂혀 있었다.

"우헤헷! 어떠냐? 내 실력이!"

은초는 암기를 얼추 과녁의 중앙 부분에 맞춰놓고는 고개를 뒤로 젖히며 의기양양하게 웃었다.

호리는 적이 뜻밖이라는 표정을 지었다. 그러나 곧 그 암기가 어떤 것인지 깨달았다.

호리궁이 숭명현을 출발한 이후 은초는 내내 방구석에만 틀어박혀서 무언가를 하고 있었는데, 이제 보니 이 암기를 만들고 있었던 것이다.

슉—

은초는 품속에서 암기 하나를 더 꺼내 과녁을 겨누면서 더욱 기세등등했다.

"헤헤헷! 이것만 있으면 이제 염복 같은 놈들 조금도 두렵지 않다! 덤비는 족족 이마빼기에다 이걸 꽂아주겠다!"

휘익!

탁!

은초가 멋진 동작으로 암기를 던지자 이번에는 다섯 번째 원 바깥쪽에 가까스로 꽂혔다. 까딱했으면 과녁에도 맞히지 못할 뻔했다.

그러자 은초는 머쓱하게 웃고 나서 대수롭지 않다는 듯 손을 휘휘 저었다.

"뭐, 앞으로 피나는 수련을 하고 나면 원하는 곳에 척척 적중시킬 수 있을 거야!"

절웅은 헤벌쭉한 얼굴로 신기해했다.

"은초, 너 대단하구나! 대체 이런 걸 언제 만들었냐?"

"앞대가리 쇠붙이는 항주성에 있을 때 야장간(冶匠間:대장간)에 부탁해서 만들어두었던 거야."

호리는 과녁으로 걸어가 암기 하나를 뽑으려고 했는데 여간해서는 잘 뽑히지 않았다.

"돌려서 뽑아봐!"

은초가 여전히 득의한 목소리로 방법을 설명했다.

그의 말대로 암기를 왼쪽으로 돌리자 힘을 줘도 뽑히지 않던 것이 쉽사리 뽑혔다.

호리는 손에 쥔 암기를 자세히 살펴보았다.

암기는 손가락 절반 굵기에 뒷부분만이 아니라 앞의 쇠도 날카롭게 나선형으로 깎여진 모습이었다. 또한 앞이 쇠붙이는 몹시 뾰족했다.

정확하게 적중시키기만 한다면 은초 말마따나 상대에게 치명상을 입힐 수도 있을 듯했다.

더구나 회전하면서 날아가기 때문에 표적에 그냥 꽂히지 않고 회전하며 틀어박힌다. 그래서 적중 부위에 더 큰 타격을 입힐 수 있을 것이다.

"야아! 도대체 이런 대단한 암기를 어떻게 만든 거야?"

"뭐, 이까짓 것쯤이야!"

철웅의 감탄에 은초의 우쭐거림은 한이 없었다.

그러나 사실 그는 원래 암기는커녕 무기나 무술에 대해서도 아는 것이 손톱만큼도 없었다.

사실 그는 몇 달 전에 항주성의 늦은 밤거리를 혼자 배회하다가 골목 어귀에 죽어 있는 한 명의 무림인을 우연히 발견한 적이 있었다.

식겁을 한 은초는 멀찌감치 숨어 있다가 무림인이 한참이나 움직이지 않자 그제야 살금살금 다가가 그가 완전히 숨이 끊어졌다는 사실을 확인한 후에야 조금 안심했다.

그 무림인은 왼쪽 눈에 하나의 암기가 깊숙이 꽂혀 있었고, 예리한 것에 목이 절반쯤 잘려서 피를 몹시 쏟아낸 채 죽은 참혹한 모습이었다.

은초는 두려움 때문에 몸이 떨리면서도 그보다 조금 더 강한 호기심과 욕심을 이기지 못하고 마침내 죽은 무림인이 어깨에 메고 있던 검을 풀었고, 눈에 꽂힌 암기마저 뽑는 데 성공했다.

그런데 암기 끝에 무림인의 눈알이 꽂힌 채 달려 올라와서 은초는 혼비백산하고 말았다.

암기 끝에 대롱대롱 매달려 있는 커다란 눈알을 보는 순간 소름이 오싹 끼치고 오금이 저렸다.

은초는 암기를 놔두고 그냥 갈까 망설이다가 결국 어금니를 악물고 발끝으로 눈알을 눌러서 터뜨려 버린 후에 암기에 묻은 피를 죽은 무림인의 옷에 석석 문질러 닦고는 서둘러 그 자리를 떠났다.

그때 챙긴 암기가 바로 이것이었다. 은초는 며칠 동안 무림인에게서 얻은 한 자루 검과 암기를 살피다가 암기가 마음에 쏙 들어 그것을 평소에 잘 아는 야장간으로 가져가 똑같이 여러 개를 만들어 달라고 한 것이다.

숭명현을 출발한 이후 지난 열닷새 동안 그가 두문불출하면서 방구석에 틀어박혀 있었던 이유는, 암기 뒤편에 박을 나무를 깎고 다듬기 위해서였다.

물론 그가 만든 암기들은 죽은 무림인의 눈에서 뽑아낸 암기와 거의 흡사했다.

"정말 잘 만들었다! 무림인들이 사용하는 것들도 이렇게 생겼을까?"

철웅이 과녁에 꽂혀 있는 또 하나의 암기를 뽑아서 자세히 살펴보며 연신 탄성을 터뜨렸다.

"잘 봐! 그게 바로 무림인들이 사용하는 암기라구! 똑같은 거라니까?"

은초가 과장된 몸짓으로 철웅을 믿게 하려고 애쓰는 것을 보고 호리는 자세히는 모르지만 어떻게 된 일인지 대충 짐작할 수 있었다.

"이런 게 몇 개나 있는데?"

호기심 가득한 철웅의 물음은 은초의 의기양양함을 마침내 절정으로 몰아갔다.

은초는 상의 앞섶을 풀어헤치면서 흰 이를 드러내며 터져 나오려는 득의한 웃음을 참으려고 애썼다.

"호호… 한번 볼래?"

착!

기세 좋게 펼친 은초의 앞섶. 그 안 가슴팍에는 폭 넓은 띠가 둘러져 있었는데, 그 띠에 족히 이십여 개는 될 듯한 암기들이 가로로 빼곡하게 나란히 꽂혀 있었다.

"와아! 굉장하다!"

철웅이 두 눈을 통방울처럼 크게 뜨며 탄성을 터뜨리자 은초는 그럴 줄 알았다는 듯 으스댔다.

"이 암기 이름이 뭔 줄 아냐?"

"뭔데?"

"후후……! 은초혈선풍(銀貂血旋風)이야! 어때?"

"야아! 앞에 네 이름을 넣었구나! 멋진데?"

호리는 철웅과 은초가 시끄럽게 떠드는 것을 뒤로하고 수 련실을 나와 선실로 향한 계단을 올라가려다가 멈추고 호선 의 방 쪽을 쳐다보았다.

호선은 아까 목욕을 끝낸 후 황주 한 항아리를 안고 자기 방으로 들어갔으니 지금쯤 혼자 술을 마시고 있을 것이라고 생각하며 계단을 올랐다.

'답답하겠지.'

호선이 무작정 술에 환장을 해서 매일같이 술만 마시고 있 는 것이 아니라는 사실을 호리는 이미 짐작하고 있었다.

호리도 그녀가 기억을 되찾는 것을 돕고는 싶었지만 도무 지 방법이 없었다.

그녀를 데리고 이곳저곳 다니면서 혹시나 눈에 익은 장소 라도 찾게 되지 않을까 하고 생각해 봤지만, 호리는 그렇게 한가하지 않았다.

일단 지금은 함께 지내다가 사부를 만나고, 사매를 구출한 연후에 그 문제를 진지하게 해결해 보자고 속으로 계획하고 있는 중이었다.

호리는 너른 후갑판 한복판에 다리를 약간 넓게 벌린 자세 로 우뚝 섰다.

그 자세로 묵묵히 서서 아까 보고 기억해 두었던 호선의 봉황무를 머릿속으로 한 차례 그려보았다.

반 각 정도 그렇게 서 있던 호리가 이윽고 느릿하게 움직이기 시작했다.

처음에는 두 팔이 위아래로 너울너울 불안정하게 움직이는가 싶더니 곧 앞으로 뻗고, 옆으로 후리고, 움켜쥐고, 흩뿌리는 연속 동작으로 이어졌다.

그러더니 두 발도 함께 움직였다. 두 발이 서로 따로 동작하면서 바닥을 문지르듯이 딛고 돌고 비틀었다.

전체적으로 보면 매우 느리고 어색한 동작이었다. 그렇다고 해서 춤 같지도 않았으며, 그렇다고 권각술은 더더욱 아닌 듯한 동작이었다.

그래도 호리는 멈추지 않고 계속했다.

몸이 완전히 따로 놀았다. 두 팔 따로, 두 발 따로, 더구나 엉덩이는 뒤로 쑥 빠졌고 고개는 갸우뚱한 자세였다.

제대로 된 자세와 움직임이 아니다 보니까 힘은 몇 배나 더 들었다.

어찌 되었든 그는 자신이 기억하고 있는 봉황무를 처음부터 끝까지 해내는 데 성공했다.

"헉헉헉……."

체력이라면 누구보다 자신이 있는 호리인데, 겨우 일각 만에 숨이 턱까지 차서 멈추어야만 했다.

그뿐만이 아니라 온몸이 물에 흠뻑 젖은 솜뭉치처럼 무거웠고 힘이 하나도 남아 있지 않았다.

급기야 그는 그 자리에 털썩 주저앉고 말았다.

항주성에 있을 때 서호 울겸림의 은신처에서 이십여 리 거리의 삼학산 정상까지 다녀온 후 하루 종일 권각술을 수련하고 난 이후보다 더 힘들고 피로했다.

'왜 이런 것이지……?'

호리는 고개를 갸웃거리며 골똘히 생각해 봤지만 영문을 알 수가 없었다.

그도 자신의 자세가 엉망이며 몸이 죄다 제각각 놀았다는 사실은 알고 있었다.

그러니 호선이 보여주었던 봉황무와는 조금도 비슷하지 않았을 것이다.

그러나 몸이 제각각 놀았다고 해서 이처럼 극심한 피로에 빠져든다는 사실이 좀처럼 이해되지 않았다.

호리는 겨우 일각 동안 봉황무를 흉내 내본다고 움직이고 나서는 이각 동안이나 주저앉은 채 쉬고 있었다.

생각 같아서는 이따위 것 당장 때려치우고 방에 돌아가서 잠이나 푹 자고 싶었다.

평소에 잠보다는 수련하는 것을 더 좋아하는 그로서는 정말 드문 일이었다.

그러나 호리는 잠을 자러 아래로 내려가지 않았을뿐더러, 쉬고 있는 동안 조금 전 자신의 동작과 호선의 봉황무를 곰곰이 비교하고 분석해 보았다.

그 결과 두 가지 점에서 많이 다르다는 사실을 깨닫기에 이르렀다. 호선의 봉황무는 처음부터 끝까지 끊어짐없이 이어졌던 것에 반해서, 호리의 동작은 죄다 따로 놀았으며 뚝뚝 끊어졌다.

'좋아! 제대로 될 때까지 해보자……!'

이윽고 그는 지그시 어금니를 악물고 후들거리는 다리에 힘을 주며 일어섰다.

그의 여러 성격 중 하나인 오기가 발동한 것이다. 그렇다고 해서 안 되는 것을 억지로 맹목적으로 밀어붙이기만 하는 멍청한 오기는 아니었다.

이각 동안 쉬면서 자신의 동작과 호선의 봉황무를 나름대로 충분히 비교 분석하여 어색하고 이상한 부분 몇 군데를 찾아낼 수 있었다.

이번에는 그것들을 수정, 보완하면서 해볼 생각이다.

호리궁을 정박해 놓은 곳의 강 건너 산마루로 뿌옇게 여명이 밝아오기 시작할 무렵, 오늘 아침 식사 당번인 철웅은 국과 밥을 화덕에 앉혀놓고 갑판으로 올라와 강을 보며 한 차례

늘어지게 기지개를 켜고 나서 무심코 주변을 둘러보다가 소스라치게 놀라고 말았다.

"으헛! 호, 호리야!"

호리가 갑판 바닥에 뺨을 댄 자세로 엎드려 있는 것을 발견한 것이었다.

철웅이 보기에 호리는 혼절한 것이 분명한 것 같았다. 갑판 바닥에 엎드린 채 밤이슬에 흠뻑 젖은 모습으로 잠을 잘 리는 없었다.

"호리야! 정신 차려라! 응?"

철웅은 바닥에 주저앉아 호리를 품에 안고 처절하게 소리를 질러댔다.

그의 생각으로는 호리에게 무슨 큰 변고가 생긴 것이 분명했다.

철웅에게 호리는 모든 것이었다. 호리에게 무슨 일이 생긴다면 아마도 그는 미쳐 버리고 말 것이다.

그때 호리가 천천히 눈을 뜨고 금방이라도 울 것 같은 얼굴인 철웅을 쳐다보았다.

철웅은 반색하며 외쳤다.

"호리야! 정신이 드니? 괜찮아? 어디 아픈 것이냐?"

호리는 손을 뻗어 철웅의 뺨을 가볍게 툭툭 쳤다.

"운공 중이었는데 웬 호들갑이냐?"

“운… 공을 그런 자세로… 하냐?”

철웅은 고개를 갸우뚱 기울였다.

“새로 창안한 거야.”

호리는 별일 아니라는 듯 부스스 일어섰다.

철웅은 난간 가에 서서 큰 동작으로 두 팔을 벌리며 심호흡을 하고 있는 호리의 옆에서 그를 조심스럽게 살펴보았다. 정말 괜찮은지 확인하려는 것이었다.

그런데 호리는 정말 괜찮아 보였다. 아니, 오히려 평소 때보다 혈색이 더 좋아 보였고 활기찬 모습인 것 같았다.

철웅은 적이 감탄했다.

“야아! 호리야! 너 아주 딴사람처럼 좋아 보인다! 새로 창안한 운공법을 해서 그런가 보구나!”

그러나 새로 창안한 운공법 같은 것이 있을 리가 없다. 호리는 밤새 꼬박 호선의 봉황무를 일곱 차례인가 연습하던 중에 그만 그 자리에 쓰러져 혼절을 해버리고 말았다. 극도로 피곤한 탓이었다.

호리는 철웅의 말을 못 들은 체했다.

철웅은 호리 옆으로 바짝 다가서며 은근한 말투를 건넸다.

“호리야, 우리 친구 맞지?”

“그래.”

“그거… 새로 창안한 운공법 나도 좀 가르쳐 주라.”

“…….”

그때 호선과 은초가 앞 다투어 갑판으로 달려나왔다. 철웅이 호리 이름을 부르며 절규하듯이 외치는 소리를 듣고 깜짝 놀라 뛰쳐나온 것이었다.

“호리야! 너 괜찮은 거야?”

“부, 무슨 일이야?”

호선과 은초가 호리 곁으로 다가들며 급히 물었다.

호리는 어깨를 으쓱해 보이고서 선실로 들어갔다.

“별일 아냐. 자, 아침 식사 하고 즉시 출발할 테니 서두르자.”

중간층으로 내려가면서 그는 두 팔을 이리저리 휘둘러 보고 나서 고개를 갸웃거렸다.

‘진짜 개운한 것 같기도 하군. 이상한데?’

계단을 다 내려왔을 즈음에 그는 자신이 평소보다 몸과 정신이 훨씬 가뿐하고 상쾌하다는 사실을 확인했다.

호선의 봉황무를 단 한 번 연습하고 나면 삼학산에 다녀와서 하루 종일 권각술을 연마한 것보다 더 지쳤었다.

그런 봉황무를 일곱 차례나 연습하다가 결국에는 극도로 지쳐서 혼절했는데, 깨어난 후에 이처럼 심신이 날아갈 듯 상쾌하다니…….

도저히 이해하기 어려운 일이었다.

호리는 너무도 당연한 사실을 숭명현을 출발한 지 십칠 일이 지나서야 깨달았다.

원래 짐승이건 사람이건 젖 달라고 보채는 새끼에게 어미는 젖을 물리는 법이다.

그런데 호리는 호선이 무공을 가르쳐 줄 때만 세월아 네월아 하면서 기다리고 있었던 것이다.

호리는 술을 배운 호선에게 술을 마시고 싶으면 무공을 가르쳐 달라고 말했었다.

그러나 지금 배의 하창에는 술이 잔뜩 있다. 언제든 마음만 먹으면 술을 마실 수 있고, 또 마시고 있는 중이다. 그런 상황에서 호선이 과연 뭐가 아쉬워서 호리에게 무공을 가르쳐 주려 하겠는가.

장차 사부님과 사매와 함께 무도관을 차리게 되면 호리는 열심히 수련을 거듭하여 언젠가는 사범이 되어 문하생들을 가르치고 싶었다.

사부는 연로하여 무도관을 연다고 해도 앞으로 몇 년 정도밖에 문하생들을 직접 가르칠 수 없을 것이다.

그때가 되면 호리와 사매가 싫든 좋든 사범이 되어 문하생들을 지도해야만 한다.

그런데 사부의 성명무공이라는 것은 달랑 소정심법과 백

조비무격 두 가지뿐이다.

호리는 무언가 거창한 포부를 안고 있는 것이 아니다. 그저 사부, 사매와 함께 세 사람이 끼니 걱정일랑 하지 않고 오순도순 살 수만 있으면 그것으로 족하다고 여겼다.

그래서 그는 사실 조금 걱정이 앞섰다. 소정심법과 백조비무격만으로 과연 문하생들을 모을 수 있을까. 그래서 그것으로 생활을 이어갈 수 있을까 하는 것이었다.

그 옛날 증진부어(甑塵釜魚)의 찢어지게 가난했던 시절에 호리와 사부 가족은 언제나 기장밥 한번 배불리 먹어본 기억이 별로 없었다.

그 가난에서 벗어나려고 열다섯 살 어린 나이에 사부와 사매 곁을 떠나 모진 고생을 하고, 우여곡절 끝에 무도관을 열었는데 문하생이 없다면 어떻게 하겠는가.

호리는 사부 조항유와 사매 연지가 백조비무격을 펼치는 것을 수없이 봐왔다.

호리가 보기에 사부의 실력은 출중했고, 연지는 사부의 절반 정도 수준이었다.

그런데 호리는 연지의 절반에도 미치지 못하는 수준인 것이다. 배우는 동안 사부에게 총명예지하다는 칭찬을 수없이 들었으며, 나섯 살에 입문했으니 연지보다 삼 년이나 일찍 시작한 호리건만, 어찌 된 일인지 연지와 비무를 했다 하면 오

초식을 견디지 못하고 판판이 박살났었다.

호리는 그 원인이 자신에게 내공이 없기 때문이라는 사실을 잘 알고 있었다.

제대로 됐다면 다섯 살 때부터 소정심법을 운공하여 이제 십여 년이 된 호리가, 팔 년여 동안 운공하여 사십 년 내공을 지닌 연지보다는 더 높은 내공을 지니고 있어야 당연한 일이 아니겠는가.

그러나 현실은 그렇지 않았다. 어찌 된 일인지 호리는 내공 자체가 생성되지 않았다.

사부는 약초에 대해서는 지식이 풍부했지만 의술은 흉내만 조금 낼 정도여서 호리가 내공이 생성되지 않는 원인을 알아내지 못했다.

호리는 내공이 없으므로 백조비무격을 펼쳐도 위력이 없으며 속도가 나지 않는 것은 당연했다.

그래도 호리는 절망하지 않고 항주성에 머문 삼 년여 동안 더욱 악착같이 소정심법과 백조비무격을 연마했었다.

그래서 이제는 소정심법이나 백조비무격에서만큼은 깨우침이나 숙련도 면에서 더 이상 오를 수 없는 경지까지 도달한 상태였다.

그는 자신에게 내공이 없다는 것을 다른 무엇인가로 보완하고 싶었다. 그럴 즈음에 호선이 나타났으며, 그래서 그의 마음은 더욱 절박해졌다.

그는 일류고수가 되려는 것도, 무림계에 진출하여 활보하려는 것도 아니다.

그저 무도관을 열었을 때 사범 노릇이나 제대로 할 수 있으면 그것으로 족했다.

낙양까지는 서너 달은 족히 걸릴 터이다. 호리는 그 기간을 소견세월(消遣歲月) 허비할 수가 없었다.

척!

호리는 호선에게 정식으로 무공을 가르쳐 달라고 부탁하기 위해서 그녀의 방문을 열었다.

호선은 창을 열어놓은 채 창 쪽을 향해서 침상에 옆으로 누워 있었다.

호리는 그녀의 가냘프면서도 늘씬한 뒷모습을 그 자리에 서서 잠시 바라보았다.

길쭉하고 좁은 방이라서 따로 탁자가 없는 탓에 그녀는 침상 위 창 앞에서 창을 열어놓은 채 술을 마시고 있었던 모양이다.

누워 있는 그녀 앞에 좁은 주둥이의 술 항아리가 열린 채 놓여 있었으며, 활짝 열려 있는 창을 통해서 차가운 강바람이 스며들어 호선의 머리카락과 무명옷 자락을 나풀나풀 흔들고 있었다.

그때 문득 호리는 웬일인지 호선의 뒷모습이 매우 쓸쓸해 보인다는 생각이 들었다.

그런데 호리가 들어왔는데에도 호선은 그 자세 그대로 누운 채 아무런 반응을 보이지 않고 있었다.

잠이 들었다고 해도 호리가 들어오는 기척에 분명히 깼을 것이다. 그래서 호리는 그녀가 술에 취해 있는 것으로 여겨 방에서 나가려고 몸을 돌렸다.

그러다가 문득 이상한 생각이 들었다.

숭명현을 출발하여 매일 술 항아리 하나씩 비운 호선은 열닷새 만에 방에서 나온 이후 그때부터는 가끔 밖으로 나와 식사도 하고 갑판에서 거닐며 산책도 했었다. 그때 그녀는 조금도 취한 모습이 아니었다.

그녀가 하루에 한 항아리만을 마시는 것은 지금도 변함이 없다. 그런데 취했다는 것은 뭔가 좀 이상했다.

호리는 침상 위 호선의 뒤쪽에 무릎을 꿇고 앉아 그녀의 어깨를 가볍게 흔들었다.

"호선아."

툭!

그러자 호선이 호리 쪽으로 몸을 젖히는가 싶더니 그대로 축 늘어지는 것이 아닌가.

그녀는 눈을 꼭 감고 있었으며, 안색은 창백했는데 입가에서 한 줄기 가느다란 피가 흘러나와 있었다.

"호선아!"

호리는 소스라치게 놀라 큰 소리로 외치면서 그녀의 몸을 흔들었지만 그녀는 깨어나지 않았다.

그는 즉시 호선의 가슴에 귀를 대보았다. 심장이 매우 여리게 뛰고 있었다. 급히 맥을 짚어보자 그 역시 불규칙하면서도 미약했다.

"도대체 무엇 때문에……."

호리는 착잡하게 중얼거리면서 호선을 굽어보았다.

혹시 그녀가 입었던 상처 때문에 그러는 것이 아닐까 하는 생각이 들었다.

"호리야! 무슨 일이야?"

그때 선실에서 호리궁을 조종하고 있는 철웅이 전음통을 통해서 다급히 물었다. 호리가 큰 소리로 호선을 부르는 소리를 들은 모양이었다.

"그녀에게 무슨 일이 생긴 거야?"

호리가 호선의 맥을 짚은 채 심각하게 살피느라 대답을 하지 않자 철웅이 재차 물었다.

"괜찮다. 걱정하지 말고 배나 잘 몰아라."

"괜찮다니 다행이다. 그녀가 술을 많이 마셔서 무슨 일이라도 생겼는 줄 알고 걱정했다."

　호리가 반 시진째 호선을 붙잡고 씨름을 하고 있는 동안에
도 은초는 들여다보지도, 전음통을 통해 호선의 안부를 물어
오지도 않았다.

第十八章
백주혈전(白晝血戰)

호리는 호선 곁에서 잠불이측(暫不離側)하며
하루 종일 붙어 있었으나 끝내 그녀가 혼절한 이유를 알아내
지 못했다.

그렇게 밤이 다 가고 부옇게 동이 터올 때까지도 호선은 깨
어나지 않았다.

호선 곁에서 한숨도 자지 않고 지키다가 아침을 맞이하게
된 호리는 마침 걱정이 돼서 호선의 방으로 찾아온 철웅에게
지시했다.

"철웅아, 가장 가까운 마을에 배를 대라. 호선을 의원에 데

려가야겠다."

"알았어! 아침 식사는 의원에 다녀온 후에 하는 것이 좋겠
다!"

오늘 아침 식사 당번은 호리였다.

숭명현을 출발한 지 십팔 일째에 호리궁은 안휘성(安徽省)
당도현(當塗縣)에 도착했다.

이곳은 강소성과의 접경지경에서 안휘성 쪽으로 칠십여
리쯤에 위치해 있다.

"내가 업을게! 이리 줘!"

호리가 호선을 들쳐 업고 배에서 내리자 철웅이 뒤따르며
두 손을 내밀었다.

"철웅, 너는 배에 있고 은초를 나오라고 해라."

호리가 포구에 내려서 멈추고는 서두르며 말했다.

"왜?"

"어서 시키는 대로 해."

잠시 후 철웅의 기별을 받은 은초가 부루퉁한 얼굴로 뱃전
에 나타나 호리를 굽어보며 물었다.

"나 불렀어?"

"지금 몸에 암기 지니고 있느냐?"

암기 얘기가 나오자 은초는 금세 얼굴을 펴면서 제 가슴을

툭툭 쳐 보였다.

"하하! 당연하지! 은초혈선풍은 내 분신이야! 그런데 그건 왜 묻는 거야?"

"지금 나하고 같이 가자. 무슨 일이 생기면 네가 날 엄호해 줘야겠다."

은초와 철웅은 함께 호선에게 당하는 처지지만, 철웅은 호선에게 나쁜 감정을 품고 있지 않았다.

철웅은 천성이 우직하고 순박하면서도 남과 쉽게 친해지지도 믿지도 않으며 경계심이 많은 성격이다.

하지만 그는 호선을 남이라고 여기지 않는다. 그 이유는 순전히 호리 때문이다.

호리와 그녀의 관계가 어떤 것인지는 잘 모르지만, 호리와 가까운 사람이라고 판단했기 때문에 그녀에게 그토록 당하면서도 견딜 수 있었던 것이다.

게다가 그는 호선이 동사천탄의 암초 해역에서 모두를 구해준 것에 대해서 몹시 고마워하고 있었다.

또한 이십여 일 동안 호리궁 안에서 함께 생활하다 보니 마주치거나 말을 나눌 기회는 거의 없었지만 그래도 어느덧 그녀와 정이 들고 말았다.

그러나 은초는 달랐다. 그는 종으로 힘들게 살아온 어린 시절의 영향으로 누구도 믿지 않고, 또 가깝게 지내지 않으며 철저하게 벽을 쌓는 고립, 외곬의 성격이 형성되었다.

그래서 은혜는 쉽게 잊어버리더라도 원한은 철저하게 골수에 새겨두는, 그리고 자신을 위해서라면 어느 누가 희생을 당해도 상관이 없지만, 자신은 누군가를 위해서 희생할 수 없다는 식의 기묘한 성격이 확립되어 있었다.

하지만 그런 그가 믿고 의지하며 좋아하는 단 한 사람이 있으니, 그가 바로 호리였다.

하지만 그것도 완전히는 아니었다. 그가 가장 좋아하는 사람은 자기 자신이고, 그다음이 호리였다.

그런 그가 호선에게 그렇게 당하면서도 그녀를 달갑게 여길 리가 없었다.

오히려 그녀를 죽이고 싶은 마음이 들지 않으면 그것이 다행한 일이었다.

은초는 자신의 방에 틀어박혀 있으면서도 전음통을 통해서 호선에게 무슨 일이 생겼는지 대충은 알 수 있었다.

그리고 지금 호리가 호선을 업고 있는 것을 보고는 의원에 간다는 것을 짐작할 수 있었다.

영 마뜩찮은 기분이었는데, 호리가 자신의 암기를 믿고 엄호를 부탁한다는 말에 호선의 일이라면 머리털 하나 뽑는 일조차 마다하려던 마음[拔一毛利狐仙不爲也]이 자신도 모르게 스르르 수그러들었다.

척!

"가자! 의원으로 가면 되는 거지?"

기분이 약간 좋아진 은초는 뱃전을 한 손으로 잡고 훌쩍 몸을 날려 땅에 내려서더니 휘적휘적 앞서 걸었다.

당도현은 안휘성에서도 다섯 손가락 안에 꼽히는 제법 큰 현이라서 포구에는 크고 작은 수많은 어선과 상선들이 빽빽이 정박해 있었다.

짐을 싣고 내리고 있는 일꾼들과 강에서 잡은 고기를 옮기는 어부들, 길 양쪽에 늘어선 좌판들로 인해서 오가는 사람들끼리 어깨를 밀치면서 부딪치지 않고는 걸음을 옮기기 어려울 정도로 혼잡했다.

은초는 행인에게 가까운 의원이 있는 곳을 묻고 나서 뒤 한 번 돌아보지 않고 빠르게 걸어갔고, 호리는 호선을 업은 채 서너 걸음 뒤에서 바짝 따랐다.

잰걸음으로 거의 달리다시피 한 호리와 은초는 반 각 후에는 어느덧 포구를 벗어나 본격적인 현 내의 거리로 들어섰다. 그곳에서부터는 대로가 확 트여서 넓고 한산해 나는 듯이 달려갈 수 있었다.

"……!"

그때 앞을 보던 호리의 눈이 약간 커지면서 얼굴이 딱딱하게 굳었다.

그의 시선은 은초 전면 행인들 사이로 걸어오고 있는 세 명의 사내들에게 고정되었다.

'하오문도들이다!'

상대들은 한 번도 본 적이 없는 얼굴의 사내들이지만, 호리는 그것을 직감했다.

하오문의 졸개들은 얼굴에 커다랗게 '나는 하오문도다' 라고 써 붙이고 돌아다닌다.

물론 실제로 얼굴에 그런 글 같은 것을 써 붙이고 다닐 리는 없지만, 그 정도로 하오문도들은 한 번 척 보기만 해도 확 표시가 난다는 뜻이다.

그러니 항주성 밑바닥에서 삼 년 동안 굴러먹었던 호리가 하오문도를 몰라본다면 말이 되지 않는 일이다. 더구나 그는 하오문도인 염복의 수하에 있었다.

호리는 적잖이 긴장했다. 항주성에서 구사문의 항주지부나 다름이 없는 복사파 염복 일당을 열세 명이나 죽인 후 돈을 훔쳐서 도망쳐 온 그가 아닌가.

자라 보고 놀란 가슴이 솥뚜껑을 보고도 놀란다고 했다. 호리가 하오문도를 보고 긴장하는 것은 당연했다.

물론 이곳 당도현에도 하오문이 두세 개쯤은 있을 터이고, 그러므로 하오문도들이 거리를 활보하는 것은 조금도 이상한 일이 아닐 것이다.

그렇지만 호리는 긴장을 늦추지 않은 채 다가오는 세 명의 하오문도에게서 시선을 떼지 않았다.

문득 호리는 그들에게서 또 다른 사실 하나를 발견해 냈다. 그들의 행색이 꽤 먼 길을 온 모습이고, 지친 표정이 역력하다는 사실이었다.

세 명 모두 두텁고 품이 넓은 갈관박(褐寬博) 차림에 등에는 행낭을 메었으며, 손에는 헝겊에 싸서 감춘 길쭉한 물건을 지니고 있었다.

호리는 그 물건이 도검이라고 짐작했다. 원래 하오문도들은 도검을 패용하지 않는다.

도검은 무림고수들만의 상징이다. 무림계에 몸담고 있지 않은 하오문도나 그 밖의 인물들이 섣불리 도검을 사용하거나 지니고 다니는 것은 무림계에 대한 명백한 모독이라고 하여, 만약 지니고 다니다가 무림인의 눈에 띄면 가차 없이 죽임을 당하고 만다.

그렇다고는 하지만 무기 중에 으뜸이라고 하는 도검을 사용하지 않고는 일이 제대로 되지 않는다.

그래서 하오문도들은 알게 모르게 은밀하면서도 공공연히 도검을 사용해 오고 있었다. 특히 임무를 띠고 먼 길을 떠날 시에는 호신용이나 상대를 제압하기 위해서 도검을 지니는데, 그때에는 항상 헝겊에 싸서 무림인의 눈에 띄지 않도록 주의하는 것을 잊지 않는다.

호리는 눈앞의 하오문도들이 이곳 당도현에 근거를 두고 있는 하오문의 졸개는 아닐 것이라고 판단했다.

그들이 입고 있는 갈관박은 먼 길을 떠나는 하오문도들이 즐겨 입는 복장이다.

더구나 헝겊에 싼 도검은 그들이 중요한 임무를 띠고 있음을 대변하고 있었다.

또한 호리는 그들이 어쩌면 구사문의 하오문도일지도 모른다고 짐작했다. 아니, 그럴 가능성이 농후했다.

그렇게 생각하고 있는 사이에 세 명의 하오문도는 이미 십여 걸음 앞까지 다가오고 있었다.

그들은 무엇을 찾는지 좌우를 두리번거리느라 정작 앞쪽은 제대로 살피지 않았다.

어쩌면 그것이 호리에게는 다행한 일일지도 모른다. 만약 그러지 않았다면 열 걸음 전면에서 마주 걸어오고 있는 호리를 발견하지 못할 리가 없었다.

호리는 동작을 크게 하지 않고 고개를 약간만 돌리면서 재빨리 좌우를 살폈다.

마침 왼쪽 뒤에서 한 대의 수레가 다가와 호리 곁을 스쳐 지나려 하고 있었다.

수레에는 포구의 어선에서 실은 듯한 생선 궤짝이 무너지지 않는 것이 신기할 정도로 높이 쌓여 있어서 수레가 당장이라도 주저앉을 듯 위태위태했다.

호리는 약간 걸음을 늦추면서 왼쪽으로 슬며시 이동하여 수레의 뒤쪽에 바짝 달라붙었다.

수레를 밀던 어물전 일꾼인 듯한 한 명의 사내가 호리를 힐끗 쳐다보았다.

호리는 사내에게 친근한 미소를 지어 보이면서 한 손으로는 업고 있는 호선의 엉덩이를 받치고, 다른 손으로 수레를 밀기 시작했다.

사내는 호리가 수레를 밀어주는 것이라 여겨 고마운 듯 고개를 끄덕이며 옆으로 약간 옮겨 자리를 비켜주었다.

호리는 즉시 안쪽으로 조금 더 이동하여 자신의 모습을 완전히 감추면서 수레를 밀며 사내를 보며 마치 친한 사이처럼 말을 붙였다.

"요즘 장사 잘되시오?"

"어이구! 말도 마시오! 장사가 다 뭐요! 사람들이 다들 육류만 먹고 사는지 어물전에는 얼씬도 안 한다오! 요즘 같아서는 아주 죽을 맛이오!"

사내는 마침 잘 물었다는 듯 홰홰 손사래를 치면서 목청을 높였다.

"호오! 거 큰일이군요."

호리는 그렇게 맞장구를 치면서도 온 신경이 뒤쪽에 집중되어 있었다.

하오문도들과 십여 걸음 거리였으니 지금쯤 자신의 곁을 스쳐 지나고 있을 것이라고 짐작했다.

호리는 자신이 고개를 돌리고 있는 한 하오문도들이 자신을 알아보지 못할 것이라고 거의 단정하고 있었다.

만약 이자들이 구사문의 졸개가 분명하다면, 틀림없이 호리의 전신(傳神:초상화)을 지니고 있을 것이다.

그렇다고 해도 그들이 호리의 용모파기를 어떻게 알아냈는지는 그다지 중요한 일이 아니다.

항주성에서 호리를 알고 있는 사람이 염복 일당뿐이었다고 해도, 구사문이 알아내려고 마음만 먹으면 호리에 대해서 알아내는 것은 여반장이나 같은 일이다.

호리는 지금쯤 하오문도들이 자신을 대여섯 걸음쯤 지나쳤을 것이라 판단하고 수레에서 손을 떼며 어물전 사내에게 수고하라는 말이나 한마디 건네려고 하였다.

"……!"

그러나 사내를 보며 막을 입을 떼려던 호리는 가볍게 움찔하며 표정이 변했다.

어리둥절한 표정을 짓고 있는 사내의 시선이 호리 자신이 아닌 어깨 너머 뒤쪽을 향하고 있었기 때문이다.

호리의 온몸이 뻣뻣하게 굳었다. 순간적으로 그는 하오문도 세 명이 자신의 뒤에 있다고 직감했다.

고개를 돌리고 있었는데 놈들이 어떻게 알아봤을까? 귀신이 곡할 노릇이었다. 그렇지만 지금은 그것을 궁금하게 여길 여유가 없었다.

놈들은 필경 호리의 옆에서 같은 보폭으로 걸으면서 살피고 있을 것이다.

또한 놈들은 호리가 자신들의 존재를 전혀 모르고 있을 것이라 여기고 있을 터이다.

그러니 조금쯤은 느긋하게 굴면서 이놈이 호리인지 아닌지를 판가름할 것이다.

그들이 곧바로 공격하지 않고 잠시 시간을 끌고 있다는 그 사실만이 이 난국에서 호리를 구해줄 수 있는 유일한 희망이고 기회였다.

만약 그것을 놓치게 되면, 천추의 한을 남겨 죽어도 눈을 감지 못할 것이다.

지금 순간에는 앞서 가고 있는 은초를 소리쳐서 부를 여유조차 없었다.

팟!

그 순간 호리는 몸을 돌려 왔던 방향으로 전력을 다해 달리기 시작했다.

그의 결단과 행동은 언제나 칼로 자르듯 정확하고 빠르다. 그리고 거의 동시에 벌어진다.

그는 두어 번 호흡할 짧은 시각에 수레로부터 오륙 장이나 뒤로 멀어졌다.

차차창!

"서랏!"

호리가 달리고 있는 뒤쪽에서 요란하게 무기를 뽑는 소리와 뒤쫓아 오는 소리, 그리고 외침이 어지럽게 터져 나왔다.

호리는 자신의 짐작이 정확했음을 확인했다. 놈들은 구사문의 졸개들이고, 자신을 잡으러 온 것이 분명했다.

달리는 것이라면 호리는 자신이 있었다. 무림인이 아니라면 그 누구도 호리를 따라잡을 수 없을 것이다.

산동 봉래현의 월명산과 항주성 삼학산을 거의 하루도 빠짐없이 십여 년 동안 달려서 오르내린 그가 아닌가.

그는 뒤돌아보지 않고 사력을 다해서 달렸다. 뒤돌아보는 사이에 두세 걸음은 더 달릴 수 있다.

지금 그는 호선을 업고 있는 상태이므로 홀몸이 아니다. 그러니 젖 먹던 힘까지 다해야만 했다.

달리는 데에 일가견이 있다고 해도 호선을 업은 상태에서는 하오문도들을 따돌릴 수 있다고 장담할 수 없었다.

마주 걸어오는 행인들과 수레 따위를 요리조리 피하면서

달리는 것이 어려웠다. 더구나 그 때문에 달리는 속도가 조금
이라도 떨어질 터이다.

"이놈 자식! 죽고 싶으냐?"

그때 벼락같은 쩌렁한 호통성이 바로 뒤쪽에서 터지자 호
리는 움찔 놀랐다.

얼마나 가까운지 호통성이 자신의 뒷덜미를 와락 낚아채
는 것만 같았다.

호선을 업고 달리는 것이 생각하는 것보다 느렸고, 상대적
으로 하오문도들의 달리는 속도가 빨랐다.

호리는 곧바로 도검이 베어올 것이라 예측하고 갑자기 갈
지자로 뛰었다.

그러나 예측은 빗나갔다. 도검이 베어오지 않는 대신 호리
가 갈지자로 뛰는 사이에 세 명의 사내가 재빨리 호리를 포위
해 버린 것이다.

"허억! 헉헉헉……."

"하악! 학학!"

하오문도들은 극도로 지쳐서 땀을 비 오듯 흘리면서 거칠
게 헐떡거렸다.

그러나 호리는 조금도 지치지 않았다. 그 정도로는 그를 지
치게 만들지 못했다.

그렇지만 지치지 않았다는 사실과 빨리 달리는 것은 별개

의 문제였다.

호리는 재빨리 주위를 쓸어보면서 이 난관을 타개할 방법을 모색했다. 그의 예측대로 포위하고 있는 자들은 조금 전에 보았던 세 명의 하오문도였다.

그런데 빠져나갈 구멍이 없었다. 세 명의 하오문도가 한 자루의 검과 두 자루의 박도를 움켜쥔 채 옆 사람을 향해서 길게 뻗고 있는 자세를 취하고 있었으므로 은연중에 도검망(刀劍網)이 형성돼 버린 것이었다.

그래도 호리는 포기하지 않고 입을 굳게 다문 채 눈동자를 굴려 도주할 수 있는 터럭만 한 기회가 있는지 살피는 것을 게을리 하지 않았다.

여기까지 와서 개죽음을 당할 수는 없었다. 죽더라도 사부와 사매를 만나보고 나서 죽어야만 한다.

"여자를 내려놔라."

그때 숨을 돌린 하오문도 중 한 명이 지니고 있는 박도로 호선을 가리키며 윽박질렀다.

제 딴에는 자못 근엄하게 하는 말이었으나 밑바닥 졸개들이 지녔음직한 천박한 말투와 효과 없는 으름장이었다.

호리는 그들이 호선을 내려놓으라고 하는 이유가 애꿎은 사람을 죽이지 않으려는 의도라고 추측했다.

그러나 그것은 별일이었다. 정의니 법도 같은 것은 애당초

지니고 있지 않은 하오문도 놈들이 언제부터 사정을 봐줘가면서 사람을 죽였다는 말인가.

호리가 일체 대거리를 하지 않고 잠자코 있자 조금 전에 말한 놈이 호선을 쳐다보면서 이번에는 좀 누그러진 얼굴로 달래듯 말했다.

"여자를 넘겨주면 목숨만은 살려주겠다."

"……?"

조금 전 말이 별일이라면, 이번의 말은 아예 어이가 없을 정도였다.

여자를 넘겨달라니, 그렇다면 이놈들의 목적은 호리 자신이 아니라는 말인가? 더구나 여자를 넘겨주면 살려주겠다고 말하지 않는가.

'이놈들이 지금 무슨 수작을 부리는 것인가?

호리는 내심 빠르게 머리를 굴려봤지만 도무지 짚이는 바가 없었다.

호선을 요구하는 것으로 봐서는 일전에 항주성에서 호선을 중상 입힌 자들과 관계가 있는 것 같기도 했다.

그렇지만 무림에 대해서 잘 모르는 호리가 봤을 때에도 호선은 일류고수가 틀림없었다. 그러므로 그녀를 중상 입힌 자들 역시 일류고수일 것이다.

그렇다면 이런 형편없는 하오문도 따위들이 호선을 요구

할 이유가 없었다.

결국 이놈들은 호리 자신을 죽이기 위해서, 아니면 염복에게서 강탈한 상납금을 뺏기 위해서 무언가 수작을 부리고 있는 것이 분명하다는 결론이 나온다.

"이놈 자식! 뜨거운 맛을 봐야 말을 듣겠느냐? 당장 여자를 넘기지 못하겠느냐?"

호리가 미동도 하지 않자 험상궂은 깍짓동 같은 놈이 발을 구르면서 으르딱딱거렸다. 그러면서도 놈들은 여전히 덤벼들지 못하고 있었다.

'뭔가 있다.'

호리는 그렇게 느꼈지만 생각은 이어지지 않았다.

멀찍이 빙 둘러싼 구경꾼들 사이에 은초가 서 있는 것을 발견했기 때문이다.

은초가 구경꾼들 뒤쪽에서 은밀한 동작으로 호리 왼쪽에 있는 하오문도와 그 옆에 있는 놈을 연이어 가리키고 나서 자신의 코를 가리켰다. 즉, 그 둘을 자신이 암기로 처치하겠다는 뜻이었다.

그러더니 나머지 한 놈 깍짓동을 가리키고 나서 엄지손가락을 치켜세웠다.

엄지손가락은 호리를 가리키는 것이다. 즉, 깍짓동은 호리가 처리하라는 뜻이다.

호리는 은초에게 보일 듯 말 듯 고개를 끄덕였다.

은초를 데리고 온 것이 천만다행이었다. 더구나 대수롭지 않게 여겼던 은초의 암기 은초혈선풍의 신세를 지게 될 줄은 꿈에도 몰랐었다.

그때 은초의 오른손이 품속에 들어갔다가 나왔다.

그의 오른손에 쥐어져 있는 것은 예의 두 자루의 은초혈선풍이었다.

그 암기가 대견스럽게 보이다니, 호리는 이런 위급한 상황에서도 쓴웃음이 나오는 것을 어쩌지 못했다.

그때 은초가 두 자루의 은초혈선풍을 양손에 나누어 쥐고 나서 오른손을 머리 위로 들어 올리더니 한껏 뒤로 젖히는 것을 호리는 발견했다.

"이 새끼야! 귀가 먹었느냐? 죽을 것인지 여자를 곱게 내놓을 것인지 어서 대답해라!"

그때 깍짓동이 당장 요절을 낼 듯 수중의 박도를 휘두르며 재차 엄포를 놓았다.

순간 오른발로 단단히 바닥을 딛고 있던 호리가 힘차게 깍짓동을 향해 튀어나갔다.

깍짓동은 순간적으로 '이놈이 죽으려고 환장했나?' 하는 표정을 지으면서도 이러지도 저러지도 못한다는 복잡한 표정으로 바뀌었다.

그러더니 갑자기 눈을 부릅뜨고는 쇄도해 오는 호리의 복부를 겨누고 맹렬히 박도를 휘둘렀다.

만약 깍짓동이 호리의 머리나 목을 노리고 박도를 휘둘렀다면 호리는 난감한 상황에 처했을 것이다.

홀몸이라면 허리를 굽혀서 피하면 그만이겠으나, 호선을 업고 있는 상황이니 허리를 굽힐 경우 그녀가 당할 위험이 높기 때문이다.

그런데 깍짓동이 복부를 공격해 오자 하늘이 돕는다는 생각이 들었다.

타앗!

호리는 전력으로 달려가던 탄력을 빌어 발끝으로 힘껏 땅을 박차면서 둥실 허공으로 솟구쳐 올랐다.

아무리 호선을 업었다고는 하지만 새끼 돼지 한 마리 무게인 오십 근짜리 물통을 지고 매일 삼학산 등월정에서 서호 울겸림까지 물을 길어오곤 했던 호리다. 그러니 그의 발힘은 남다른 데가 있었다.

한 번의 힘찬 도약에 그는 허공으로 다섯 자 정도 솟구칠 수 있었다.

사람의 가슴 높이에 불과하지만 공격해 오는 박도를 피하기에는 충분한 높이였다.

윙!

간발의 차이로 깍짓동의 박도가 호리의 발아래를 수평으로 스치면서 바람을 일으켰다.

"으악!"

그때 갑자기 하오문도 한 놈이 처절한 비명을 터뜨렸다.

그자의 목뒤에는 은초가 쏘아낸 은초혈선풍 하니기 깊숙이 꽂혀 있었다.

쉬잇!

박도를 피한 호리가 쏜살같이 하강하면서 깍짓동의 얼굴을 향해 오른발을 쭉 뻗었다.

퍽!

"윽!"

호리의 발뒤꿈치가 깍짓동의 콧등을 무참하게 짓이겼다.

그러나 깍짓동은 거구답게 맷집도 강했다. 그는 비틀거리면서도 쓰러지지 않고 아직 허공에 떠 있는 상태인 호리를 향해 박도를 휘두르려고 씨근거렸다.

그럴 줄 이미 예상했던 호리는 오른발 발등으로 깍짓동의 얼굴을 찍을 때 그 반탄력을 이용하여 약간의 회전력을 만들어냈다.

위잉!

허공중에서 그의 몸이 반회전하면서 이번에는 왼발이 허공을 갈랐다.

뻐걱!

"흐악!"

호리의 왼발 발끝이 깍짓동의 턱을 부숴 버렸다.

"와악!"

호리가 땅에 내려서기도 전에 마지막 하오문도의 비명 소리가 터졌다.

마지막 놈은 갑자기 은초혈선풍을 목뒤에 맞고 쓰러진 동료와 호리에게 당한 깍짓동을 번갈아 보면서 우왕좌왕하다가 은초가 던진 두 번째 은초선혈풍에 등 한복판을 깊숙이 꽂히고 비틀거렸다.

도검이나 창 같은 크고 긴 무기라면 모르지만, 워낙 작은 암기는 급소를 맞추지 못하면 치명상을 입히지 못하는데 지금의 경우가 그랬다.

등 한복판에 은초혈선풍이 꽂힌 하오문도는 비틀거리면서 암기를 뽑으려고 버둥거렸으나 손이 닿지를 않았다.

"가자!"

호리가 짧게 외치며 냅다 포구 쪽으로 달려갔다.

그러나 은초는 호리 뒤를 따르지 않았다. 오히려 그는 비틀거리고 있는 하오문도에게 득달같이 달려가면서 오른팔을 아래로 늘어뜨렸다.

슷!

소매 속에서 흘러내린 쇠꼬챙이를 잡자마자 하오문도의 왼쪽 등을 깊숙이 찔렀다.

"커억!"

하오문도가 상체를 뒤로 젖히면서 허우적거렸다.

뚜둑…….

이를 악문 은초는 쇠꼬챙이를 두 손으로 잡은 채 힘껏 더 깊이 찔러 넣었다.

쇠꼬챙이 끝이 하오문도의 심장을 관통하고 왼쪽 가슴으로 반 뼘가량 튀어나왔다. 칙칙한 검은색 쇠꼬챙이 끝에서 피가 방울방울 흘러내렸다.

퍽!

은초는 하오문도의 엉덩이를 발로 내질러 쇠꼬챙이를 뽑고 나서 쓰러져 있는 두 명의 하오문도의 뒷목과 등에 꽂혀 있는 은초혈선풍을 뽑았다.

그가 즉시 호리를 따라 도망치지 않은 이유는 은초혈선풍을 회수하기 위해서였다.

온갖 정성을 쏟아서 만든 암기인데 함부로 버려두고 갈 수는 없었던 것이다.

호리는 이십여 장쯤 전력으로 달려가다가 은초가 뒤쫓아오는 낌새가 없자 힐끗 뒤돌아보았다.

순간 그의 얼굴이 보기 싫게 일그러졌다.

조금 전의 그 장소에서 은초가 하오문도로 보이는 일곱 명의 사내들에게 원형으로 둘러싸인 상태에서 양손에 움켜쥔 두 자루 쇠꼬챙이를 미친 듯이 휘두르고 있는 광경을 발견했기 때문이다.

'저놈! 바보같이…….'

호리는 은초가 두 자루 은초혈선풍을 회수하려다가 저 지경이 됐다는 사실을 깨달았다.

그러나 호리는 멈출 수가 없었다. 더구나 은초를 구하러 갈 상황이 아니었다.

호선을 아무 곳에나 팽개쳐 둔 채 은초를 구하러 갈 수는 없는 것이다.

아니, 설혹 그런다고 하더라도 호리와 은초 둘이서 도검을 지니고 있는 하오문도 일곱을 상대하는 것은 너무 벅차다.

지금으로서는 한시바삐 호선을 호리궁에 데려다 놔야 한다. 그래서 홀가분한 몸이 되어야지만 뭘 어떻게 해도 할 수 있을 것이라고 판단했다.

호리는 호선을 호리궁에 안전하게 데려다 놓은 후 철웅에게 호리궁을 강상에 띄우고 닻을 내려두도록 했다. 만일에 사태에 대비하려는 의도였다.

그는 포구에 서서 호리궁이 강 쪽으로 미끄러져 가는 것을 잠시 바라보다가 이윽고 몸을 돌려 현 내 쪽으로 힘껏 달리기 시작했다.

대로 한복판의 하오문도들과 싸우던 곳에는 예상했던 것처럼 아무도 남아 있지 않았다.

단지 땅바닥에 붉은 핏자국만 여기저기 어지럽게 얼룩져 있을 뿐이었다.

호리는 그 장소가 가장 잘 보였을 만한 대로변의 어느 점포로 불쑥 들어가 아까 벌어졌던 싸움이 어떻게 결말이 났는지에 대해서 물어보았다.

그 백주대로의 유혈이 낭자한 싸움 때문에 아직까지도 흥분이 가시지 않은 점포의 주인과 점원은 서로 자신이 설명하려고 거의 싸우다시피 떠들어댔다.

그들은 호리가 조금 전에 하오문도와 싸우던 사람이라는 사실을 모르는 듯했다.

호리는 설명을 다 듣기도 전에 점포를 나왔다. 들어야 할 것은 이미 들었다.

은초는 하오문도 일곱 명과 치열하게 싸우다가 그중에 두 놈을 쓰러뜨린 후에 제압당해 끌려갔다고 한다.

놈들은 자신들의 동료 세 명이 죽었는데도 은초를 죽이지 않고 어디론가 끌고 갔다.

아마도 놈들은 호리를 잡기 위해서 은초를 살려두었을 것이다. 은초를 고문, 닦달하여 호리의 행방을 캐낼 터이다.

은초는 독종이라서 웬만큼 고문해서는 실토하지 않을 것이다. 그는 고통을 견뎌내는 방법을 잘 알고 있다.

하지만 죽음이 목전에 이르게 되면 어떻게 될는지 호리는 자신할 수 없었다.

은초가 목숨을 버려가면서까지 호리를 감싸줄 것이라는 생각은 들지 않았다.

점포를 나온 호리는 대로의 양쪽을 빠르게 훑어보면서 누군가를 찾았다.

그는 곧 멀지 않은 곳에서 한 명의 어린 거지를 발견하고 빠르게 다가갔다.

"소형제, 말 좀 묻게나."

열두서넛쯤 되어 보이는 어린 거지는 뭘 얻어먹을 것이 있나 싶어서 쪼르르 달려와 호리를 빤히 바라보았다.

호리는 거지들에 대해서 훤히 꿰고 있다. 그래서 어린 거지를 '소형제' 라고 친근하게 부른 것이다.

모든 사람들에게 괄시와 천대를 받는 것에 익숙해져 있는 거지들이지만, 사람 대접을 해주면 몹시 좋아한다.

호리는 어린 거지의 꾀죄죄한 손에 각전(角錢) 한 닢을 쥐어주며 넌지시 물었다.

"당도현에서 가장 큰 화자배(花子輩)가 어딘가?"

'화자'는 거지를 좋게 부르는 말이다.

각전 한 닢에 입이 헤벌쭉해진 어린 거지가 경계심을 풀고 때가 잔뜩 낀 주먹으로 제 가슴을 두드리며 웃었다.

"헤헤! 그야 바로 우리 곰보패… 아니, 문불사(蚊不死 : 곰보) 패입죠, 공자."

"날 거수(渠帥 : 우두머리)에게 안내해 주게."

그러자 어린 거지는 약간 경계의 눈빛으로 호리를 새삼스럽게 살폈다.

"큰돈을 벌 수 있는 기회를 주려는 걸세. 거수에게 안내해 주면 소형제에게 각전 한 닢을 더 주겠네."

그다음에는 말이 필요하지 않았다.

第十九章
의리(義理)

호려는 문불사패를 찾아가서 거두절미하고 대뜸 은자 백 냥을 내놓으며 외지에서 온 하오문도들이 감금하고 있을 한 사람을 찾아내라고 요구했다.

물론 찾는 사람, 즉 은초의 용모파기를 자세히 알려주는 것을 잊지 않았다.

원래 구걸이나 동냥으로 연명하는 거지들은 누구네 집에 무엇이 있는 것 하나까지도 세세히 알고 있는 법이다.

거지들에게는 누가 많이, 그리고 얼마나 자세히 알고 있느냐 하는 것이 재산이기 때문이다.

당도현에서 규모가 가장 큰 거지 패거리인 문불사패의 우두머리는 외부 사람, 더구나 하오문도들을 찾는 것이라면 어렵지 않을 것이라고 호언장담을 했고, 과연 그의 말은 한 시진 만에 입증됐다.

"도움이 필요하오?"

당도현 내에서 오 리쯤 떨어진 강변에 위치한 오래된 관제묘를 주시하면서 우두머리가 넌지시 물었다.

우두머리는 둥글둥글한 얼굴과 체구에다 얼굴이 몹시 얽은 곰보, 즉 문불사였다.

얼마나 심하게 얼굴이 얽었는지, 모기가 뺨에 앉은 것을 손바닥으로 후려쳐도 얽은 구멍 안에 숨은 모기가 죽지 않을 것이라는 '문불사'라는 별명이 과연 제격인 듯한 용모였다.

호리와 문불사는 강둑 위 제법 울창한 숲의 두 그루 나무 뒤에 몸을 감추고 있었다.

호리는 고개를 끄덕였다.

"도와주겠소?"

물론 문불사는 당연히 도와줄 것이다. 은자만 더 두둑이 낸다면 말이다.

"물론이오. 어떻게 도우면 되겠소?"

호리가 어떻게 할 것인지 잠시 생각에 잠기자 성질 급한 문불사가 물었다.

"납치된 사람이 죽지 않은 것이 확실하오?"

"그럴 것이오."

"몇 놈이라고 했소?"

"내가 알기로는 일곱이오. 그러나 저곳에 일곱 명이 모두 함께 있지는 않을 것이오."

몇 놈 정도가 남아서 은초를 심문하는 한편 지키고 있을 테고, 나머지는 호리를 찾아 당도현 내를 뒤지고 있을 것이라는 게 호리의 추측이었다.

많아야 둘, 아니면 세 놈일 것이다. 그 정도면 호리 혼자 들이닥쳐도 한번 해볼 만하다.

그렇지만 놈들은 은초의 목숨을 쥐고 있다. 또한 놈들의 수가 두셋일 것이라는 확신도 없었다.

섣불리 들이닥쳤다가 놈들이 은초의 목숨으로 위협을 하든가 수적으로 불리해지면 호리마저 좋지 않은 상황에 처하고 마는 것이다.

"내가 저 안에 있는 놈들을 밖으로 유인해 내겠소. 그 틈에 인질을 구하시오."

"관제묘 안으로 잠입할 다른 구멍이 있소?"

호리가 분불사의 의중을 간파하고 묻자 그는 누런 이를 드러내며 씩 웃었다.

"클클… 한때 저긴 우리 패거리의 소굴 중 하나였소. 저기, 관제묘 뒤에 큰 바위가 보이오? 저 바위 뒤에 좁은 동굴이 하나 있는데, 그곳으로 들어가면 관제묘 안의 관왕좌상(關王坐像) 뒤로 나올 것이오."

원래 대부분의 거지들은 언제 무슨 일을 당할는지 모르기 때문에 자신들의 소굴에 한두 개의 도망칠 구멍을 만들어놓는 것이 상식이다.

문불사는 말을 해놓고는 한동안 멀뚱거리며 딴청을 피웠다.

그가 왜 그러는지 눈치 챈 호리는 품속에서 따로 준비해 두었던 돈주머니를 꺼내 문불사에게 던져 주었다.

쩔렁! 쩔렁!

문불사는 돈주머니를 받아 손으로 가볍게 쳐올리며 소리와 무게를 가늠했다.

은자끼리 부딪치는 소리는 구리돈과는 사뭇 다르다.

"은자 백 냥이라. 클클… 나쁘지 않군."

손대중만으로도 액수를 정확하게 간파하는 문불사였다.

"클클! 자! 갑시다. 우린 이제부터 시작할 테니 공자는 관제묘 뒤에 숨어서 기회를 엿보고 있다가 들어가서 인질을 구해 나오면 되는 것이오."

문불사는 숨어 있던 나무 뒤에서 걸어나오며 느긋하게 여유를 부렸다.

휘익~!

이어서 그가 두 손가락으로 입술을 오므려서 가볍게 휘파람을 불자 숲 여기저기 나무 뒤에서 십오륙 명의 거지들이 불쑥불쑥 모습을 나타냈다.

십칠팔 세 소년에서부터 삼십오륙 세 장한까지의 거지들로서 문불사 패거리인데, 손에는 하나같이 몽둥이나 갈퀴, 낫, 도리깨 같은 무기가 될 만한 것들을 움켜쥐고 있었다.

문불사는 호리가 도움을 청할 것이라 예측하고 용의주도하게 준비를 해두었던 것이다.

문불사가 손짓을 하자 호리는 관제묘를 측면에 두고 엉뚱한 방향으로 빠르게 달려갔다.

혹시 관제묘에서 하오문도들이 내다보고 있을지도 모른다고 생각한 것이다.

한참 달리던 그는 바위들이 삐죽삐죽 솟은 곳에서 크게 원을 그리며 관제묘 뒤쪽으로 민첩하게 달려가 문불사가 가리켰던 큰 바위 뒤에 몸을 숨겼다.

그런데 주위를 둘러봤지만 문불사가 일러준 동굴 같은 것은 보이지 않았다.

호리는 짐작 가는 곳이 있어서 큰 바위 아래쪽에 있는 평평하고 넓적한 돌을 치워보았다.

그러자 그곳에 관제묘 쪽 방향으로 비스듬히 뚫린 폭 넉 자 가량의 동굴이 나타났다.

아니, 그것은 동굴이라기보다는 아예 구멍 쪽에 가까울 정도로 좁았다.

그때 관제묘 앞쪽에서 왁자지껄한 소리가 터져 나왔다. 문불사가 시비를 시작한 모양이었다.

"이 거지새끼들! 썩 꺼지지 못하겠느냐? 우리가 누군지 알고 씨양이질이냐?"

"어이구~ 그러셔? 그래, 어디에서 굴러 잡수시던 분들이신지 말씀이나 해보시지?"

"이 새끼들아! 우린 구사문의 나리들이시다! 비럭질이나마 곱게 하다가 제 명에 죽고 싶으면 당장 꺼져라!"

왁왁 떠들어대던 문불사가 갑자기 조용해졌다.

문득 호리는 가볍게 눈살을 찌푸렸다. 당도현처럼 큰 현에서 거지패 우두머리를 하고 있는 문불사가 유명한 구사문을 모를 리가 없을 것이다.

만약 지금 문불사가 꼬리를 내리고 곱게 물러간다면 은초를 구해내는 것은 더욱 어려워진다. 아니, 현재로서는 불가능해질 것이다.

그때 문불사의 고래고래 외치는 소리가 터져 나왔다.

"에라이! 구사문이고 뱀대가리고 모조리 죽여 버려라!"

그리고는 요란하게 무기끼리 부딪치는 소리가 뒤를 이었다.

문불사는 현명한 선택을 했다.

만약 그가 곱게 물러난다고 해도 방금 전에 집적거렸던 것이 빌미가 되어 후일 구사문의 응징을 당할 것이 분명했다.

구사문은 자신들의 권위를 지키기 위해서라도 문불사 패거리를 깡그리 몰살시킬 것이다.

문불사 패거리를 그대로 놔둔다면 구사문은 하오문 세계에서 웃음거리가 되고 만다.

별것 아닌 일이거늘, 하오문들은 어떻게든 그 사실을 알아내어 구사문을 폄하, 업신여기며 뭇매를 가할 것이다.

사람이 사람을 훼예포폄(毀譽褒貶)하는 것은 천하 어디에나 있기 마련인 법이다.

그런 사실을 예측한 문불사는 이래 깨지나 저래 깨지나 마찬가지라는 생각에 아예 이 자리에서 구사문 하오문도를 깡그리 죽여 증거를 인멸해 버리자고 작정을 한 것이다.

호리는 놈들의 입에서 자신들이 '구사문' 소속이라는 사실을 직접 확인했다.

처음에 호리가 짐작했던 대로 놈들은 구사문이 분명했고, 염복의 일로 호리를 추적하고 있는 것이 확실했다.

호리는 관제묘 안에 있던 구사문 졸개들이 몇 명인지 아직 모르고 있는 상태다.

그러므로 그들이 문불사 패거리 십오륙 명과 싸우면 누가 이기게 될는지도 추측할 수 없는 상황이었다.

그러니 무슨 일이 있어도 싸움이 끝나기 전에 은초를 구해 내야만 할 것이다.

호리는 즉시 동굴 속으로 뛰어 들어갔다. 동굴은 아래쪽으로 비스듬히 향하다가 이 장쯤 나아가자 갑자기 거의 수직에 가깝게 위로 꺾어졌다.

호리는 머리 위에 출구를 덮고 있는 얇은 널빤지를 치우고 조심스럽게 머리를 내밀었다.

문불사의 말처럼 출구는 관왕좌상의 뒤에 있었고, 주위는 어두컴컴했다.

호리는 살금살금 구멍에서 나와 몸을 일으켜 관왕좌상 어깨 너머로 관제묘 안을 조심스럽게 둘러보았다.

관제묘 안은 밖에서 보는 것보다는 꽤 넓은 편이지만 은초는 금세 찾을 수 있었다.

은초는 두 손목과 발목이 꽁꽁 묶인 채 새우처럼 구부린 자세로 바닥에 쓰러져 있었는데, 얼마나 심하게 두들겨 맞았는지 온몸이 피투성이 모습이었다.

호리가 잠시 시간을 두고 관제묘 안을 살펴보니 다행히 구사문 졸개는 한 명도 보이지 않았다.

호리가 입구 쪽으로 눈길을 주니 바깥에서 구사문 졸개들과 문불사패 거리 거지들이 한데 뒤엉켜 치열하게 싸우고 있는 광경이 보였다.

일단 입구를 통해서 보이는 구사문 졸개는 두 명뿐이었으나, 시야 밖에 더 있을지도 모르는 일이다.

호리는 제단에서 바닥으로 가볍게 뛰어내려 빠르게 은초에게 다가갔다.

은초는 얼굴을 알아볼 수 없을 정도로 짓이겨지고 피가 범벅인 끔찍한 몰골이었다.

호리가 돌아누워 있는 은초의 어깨에 손을 대자 은초의 몸이 푸드득 떨렸다.

"은초야, 나다."

"호… 리?"

은초는 두 눈이 퉁퉁 부어서 잘 떠지지 않는 눈을 껌뻑이며 더듬거렸다. 호리의 목소리를 알아들은 것이다.

"어서 여길 빠져나가자."

호리는 재빨리 은초의 손과 발에 묶인 줄을 풀어주었다.

"호리야……."

호리가 일으켜 주자 은초는 퍼질러 앉은 채 호리를 쳐다보면서 짓이겨진 얼굴을 더욱 일그러뜨렸다.

"네가 구하러 올 줄은 몰랐어……."

그의 어깨가 가늘게 떨렸다. 자기 자신밖에 모르는 그가 감동을 하고 있는 것이다.

은초는 이 년여 동안 호리와 활동했지만 이런 경우는 처음 당하는 것이었다.

그래서 그는 아직 호리에 대해서 다 모른다. 무슨 일이 있어도 친구를 절대 버리지 않는다는 호리의 신조를.

"나… 이대로 죽는 줄로만 알았어……."

은초는 지독하게 당한 것만큼이나 지독하게 겁을 집어먹고 있었던 모양이었다.

호리는 은초를 부축해서 일으켜 세웠다. 은초는 제대로 서지 못하고 다리를 부들부들 떨었다.

"저… 기……."

그때 은초가 떨리는 손으로 한쪽을 가리켰다. 그곳 벽에는 은초혈선풍이 담긴 띠가 걸쳐져 있었고, 그 아래 바닥에는 쇠꼬챙이 한 쌍이 아무렇게나 나뒹굴어 있었다.

은초는 죽음의 문턱까지 갔다가 도망을 치는 이런 급박한 상황에서도 자신의 무기를 알뜰하게 챙겼다.

호리는 은초를 벽에 기대놓고 급히 암기가 담긴 띠와 쇠꼬챙이를 가져왔다.

"호리야, 나 말이야… 너와 호리궁에 대해서 한마디도 실토하지 않았어……."

호리가 건네주는 띠와 쇠꼬챙이를 받으며 은초가 약간 대견한 표정을 지으며 더듬거렸다.

"잘했다."

호리는 칭찬하면서 은초를 부축하여 관왕좌상 뒤쪽으로 가려다가 뚝 걸음을 멈췄다.

"여기에서 잠기 기다려라."

호리는 은초를 제단에 앉혀 관왕좌상에 기대도록 한 후 띠에서 은초혈선풍 두 개를 뽑고 쇠꼬챙이 하나를 움켜쥔 채 입구 쪽으로 몸을 돌렸다.

"뭘… 하려는 건데?"

은초가 얼굴을 일그러뜨리면서 물었다.

"네 복수를 해주마."

호리는 그 말을 남긴 채 입구로 한달음에 달려갔다.

"호… 리야……."

은초는 호리를 향해 팔을 뻗으며 말을 잇지 못했다.

그의 잘 떠지지 않는 일그러진 두 눈에서 주르르 눈물이 흘러내렸다.

호리는 입구 안쪽에 몸을 숨긴 채 고개를 살짝 내밀어 바깥의 동태를 살폈다.

문불사는 구사문 졸개들을 지나치게 과소평가했다.

관제묘 밖 너른 공터에서는 세 명의 구사문 졸개와 십여 명의 거지들이 치열한 격전을 벌이고 있었다.

바닥 여기저기에는 도검에 베인 여섯 명의 거지들이 피가 낭자한 몰골로 쓰러져 있었는데, 그들 중에 네 명은 이미 숨이 끊어진 상태였다.

구사문 졸개 세 명은 몇 군데 가벼운 상처를 입었을 뿐 아무도 중상을 입거나 죽지 않았다.

거지 패거리 중에서는 그래도 문불사가 실력이 제일 나은 편이라서 싸움이 시작된 이후 지금까지 구사문 졸개 한 명과 일진일퇴하면서 치열한 접전을 벌이고 있지만 쉽사리 승부가 나지 않았다.

문불사를 제외한 다른 거지들은 어중이떠중이, 한마디로 오합지졸이었다.

구사문 졸개 한 명이 문불사를 상대하고 있는 동안 졸개 두 명은 거지들을 마음껏 갖고 놀면서 유린하고 있었다.

문불사는 섣불리 호리를 돕겠다고 나섰던 것을 뼈저리게 후회하고 있는 중이었다.

아니, 구사문 졸개들이 신분을 밝혔을 때라도 곱게 물러서지 않았던 것이 후회막급이었다.

이대로 반 각 정도만 지나면 똘마니들은 물론 자신도 목숨을 보존하기가 어려울 것 같았다.

싸우는 데에 정신이 팔려서 구사문 졸개들이나 거지들은

관제묘 입구 안쪽에 숨어 고개를 내밀고 있는 호리의 존재를 까맣게 모르고 있었다.

호리는 우선 문불사와 싸우고 있는 구사문 졸개부터 해치울 생각이었다.

그래야 문불사가 사유롭게 되어 다른 기지들을 구할 수 있을 테니까 말이다.

호리는 문불사와 싸우는 구사문 졸개를 쏘아보며 눈도 깜빡이지 않은 채 천천히 오른손을 치켜들었다.

그의 손에는 은초혈선풍 한 자루가 굳게 쥐어져 있었다. 암기나 비수 따위를 던져 본 적은 한 번도 없지만, 맞출 자신이 있었다.

돌멩이를 던지는 것과 무엇이 다르겠는가, 하는 생각이었다. 더구나 목표로 삼은 구사문 졸개와의 거리는 불과 이 장 남짓이었다.

"……!"

겨냥을 하여 막 은초혈선풍을 던지려던 호리는 옆에 누군가 서 있는 것 같아서 보다가 가볍게 표정이 변하며 던지는 것을 중지했다.

호리가 바깥에 신경을 집중하고 있는 사이에 어느새 은초가 옆에까지 다가와 있었던 것이다.

더구나 은초는 싸움터를 향해 우뚝 서서 오른팔을 머리 위

로 치켜들고 있었다. 그리고 그의 손에는 한 자루 은초혈선풍
이 쥐어져 있었다.

그런데 그는 은초혈선풍의 뾰족한 쇠붙이 쪽을 손 안에 쥔
자세였다.

반대로 잡고 있던 호리는 그것을 보고 재빨리 은초혈선풍
을 고쳐 잡았다.

"한 놈은 내 손으로 죽이겠어."

은초가 살기 어린 표정으로 목표로 삼은 구사문 졸개를 쏘
아보며 눈에서 새파란 흉광을 뿜어냈다.

호리는 고개를 끄덕였다.

"신호하면 던져."

은초는 고개를 끄덕이며 나직이 설명했다.

"목표 부위보다 조금 위쪽을 겨냥해."

은초혈선풍의 앞쪽이 생각보다 무겁기 때문에 목표 지점
보다 조금 낮게 적중되기 때문이었다.

"지금이다!"

그 순간 호리가 짧게 외치는 것과 동시에 힘껏 오른손을 뿌
려냈다.

한 번 눈을 깜빡이는 차이로 은초도 힘껏 오른손을 떨쳐 냈
다.

다음 순간 호리는 자신과 은초가 목표로 삼지 않은 마지막

한 명의 구사문 졸개를 향해 쏜살같이 튀어나갔다.

그는 달려가면서 왼손에 쥐고 있던 은초의 쇠꼬챙이를 오른손으로 바꿔 잡았다.

팍! 팍!

은초가 던진 은초혈선풍은 목표로 삼은 구사문 졸개의 오른쪽 귓구멍을 뚫고 깊숙이 쑤셔 박혔다.

그러나 호리가 던진 은초혈선풍은 목표로 삼은 구사문 졸개의 왼쪽 어깨에 꽂혔다.

목을 겨냥했는데 구사문 졸개가 몸을 빠르게 움직이는 바람에 다른 곳에 꽂힌 것이었다.

그러나 염려할 필요는 없었다. 난데없이 날아온 은초혈선풍에 어깨를 꽂힌 구사문 졸개는 화들짝 놀라서 약간 비틀거렸는데, 그 기회를 놓칠 문불사가 아니었다.

뻐억!

"크악!"

문불사의 철퇴가 무시무시하게 허공을 가르더니 구사문 졸개의 머리를 한 방에 박살 내버렸다.

마지막 남은 구사문 졸개는 자신의 동료들이 죽는 것을 미처 발견할 여유가 없었다.

난데없이 관제묘 안에서 한 사람이 튀어나오더니 자신을 향해 선불 맞은 멧돼지처럼 곧장 달려오는 것을 발견했기 때문이다.

"미친놈!"

구사문 졸개는 와락 인상을 쓰면서 호리를 마주쳐 나갔다. 허름한 옷을 입고 있는 그 역시 거지 패거리의 한 명이라고 생각한 것이었다.

서로 마주 달려가니 거리가 순식간에 좁혀들었다.

구사문 졸개는 어림짐작으로 호리의 목을 겨냥하여 수중의 박도를 수평으로 맹렬히 그어대면서 발끝으로 땅을 박차며 더욱 빠르게 덮쳐 갔다.

그러나 전력으로 곧장 달려오던 선불 맞은 멧돼지는 구사문 졸개의 일 장 앞에서 돌연 한 마리 표범으로 돌변하여 번쩍 허공으로 솟구쳐 오르는 것이 아닌가.

휘익!

구사문 졸개의 박도가 허공을 쪼갠 것은 당연지사.

가볍게 박도를 피한 호리는 곧장 구사문 졸개를 향해 비스듬히 내리꽂히며 쇠꼬챙이를 힘껏 뻗었다.

푹!

"끅!"

쇠꼬챙이가 구사문 졸개의 목 한복판을 뚫고 들어가 목뒤로 반 뼘이나 튀어나왔다.

쿵!

호리가 두 발로 땅을 울리며 내려설 때 목에 쇠꼬챙이가 꽂힌 구사문 졸개도 묵직하게 쓰러졌다.

세 명의 구사문 졸개들은 모두 쓰러져 있었다. 그러나 그들의 생사를 확인할 필요는 없었다.

퍽! 퍽! 퍽!

문불사를 제외한 거지들이 그들에게 벌 떼처럼 달려들어 수중의 갈퀴나 몽둥이, 낫 따위로 마구잡이 찍어대고 있었기 때문이다.

피와 살이 찢어지면서 튀는 것을 보면서 거지들은 더 흥분하여 날뛰었다.

잠시 후에 구사문 세 명의 졸개는 세 개의 핏덩이로 변했다.

호리는 은초를 들쳐 업은 채 당도현 포구로 내달렸다.

은초는 몹시 미안해하면서 자꾸 걷겠다고 했지만, 호리는 그가 걸을 수 있는 몸이 아니라는 것을 알기에 대꾸하지 않고 내처 달렸다.

미른 체구인 은초는 호선보다 조금 더 무거운 편이어서 호리는 크게 힘들지 않았다.

그러나 호리는 포구에 도착하기 전에 당도현 대로상에서

멈출 수밖에 없었다.

오 장쯤 전방에 호선이 있는 것을 발견했기 때문이다.

그녀 주위에는 세 명의 사내들이 널브러져 있었고, 지금 이 순간 그녀는 허공중에 떠 있는 상태에서 막 한 사내의 가슴팍을 발끝으로 가볍게 걸어차고 있는 중이었다.

그 광경을 보는 순간 호리는 가볍게 움찔했다. 호선이 지금 보여주고 있는 움직임은 바로 봉황무 중의 한 동작이었기 때문이다.

과연 호리의 짐작이 맞았다. 봉황무는 권각술이었던 것이다.

호선에게 가슴팍이 채인 사내는 그 자리에 풀썩 고꾸라졌다.

원래 걸어채이면 튕겨져 날아가야 하는데, 절정고수들은 사혈을 찍어 목숨을 끊을 정도의 힘만 가하기 때문에 가격당한 자는 그 자리에 고꾸라지는 것이다.

호리는 그 광경을 보고 적잖이 놀랐다가 죽어 있는 사내들이 구사문의 졸개들이라는 사실을 알아보고는 더욱 놀랐다.

"호리!"

호선이 땅에 내려서지도 않은 상태에서 호리를 발견하고 종달새처럼 지저귀며 쏜살같이 쏘아왔다.

와락!

그녀는 호리가 미처 반응할 여유도 주지 않고 그대로 그의 품에 뛰어들었다.

"어디 갔었어? 걱정했잖아!"

호선은 자신의 뺨을 호리의 뺨에 마구 부비면서 뜨거운 숨결을 토해냈다.

호리의 가슴으로 뭉클한 것이 전해졌다. 그것은 호선의 풍만한 젖가슴 때문이 아니라, 호리를 걱정했다는 그녀의 진심 어린 말 때문이었다.

그녀의 가슴을 통해서 전해지는 것은 그것만이 아니었다. 기쁨 때문인지 호선의 심장이 격렬하게 뛰고 있는 것도 호리에게 고스란히 전해졌다.

그 바람에 호리는 문득 호선이 가족처럼 느껴졌다.

호리는 그녀를 품에서 떼어내고 물었다.

"괜찮아? 아프지 않은 거야?"

"응. 이제 괜찮아. 아무렇지도 않아."

호선은 예의 싱그럽고 아름다운 미소를 살짝 지어 보였다.

호리는 호선의 얼굴과 온몸을 찬찬히 살펴보았다.

호선은 말 잘 듣는 아이처럼 두 손을 앞에 모은 채 다소곳이 서서 호리가 잘 살펴볼 수 있도록 했다.

호리가 보기에 호선은 혼절하기 전의 모습과 조금도 다르지 않았다.

그런데 어째서 그녀가 갑자기 혼절하여 맥박도 심장 박동도 그토록 불규칙했던 것인지 정말 모를 일이었다.

호리는 고개를 가볍게 흔들었다. 지금은 그런 것을 생각하고 있을 때가 아니었다.

"저건… 어떻게 된 거지?"

호리가 쓰러져 있는 구사문 졸개들 쪽으로 빠르게 걸어가며 물었다.

"널 찾으러 나왔는데 이자들이 갑자기 날 포위하더니 다짜고짜 공격을 하잖아."

그다음은 들어보나마나였다. 하오문도 따위들이 하룻강아지 범 무서운 줄 모르고 호선을 공격하다니, 죽어도 마땅한 놈들이었다.

가까이에서 보니 아까 호리를 공격했던 놈들과 똑같은 복장이다. 틀림없는 구사문의 졸개들이었다.

이놈들은 은초를 제압해서 끌고 갔던 일곱 명 중에 관제묘에 없던 네 명이 분명했다.

처음에 호리와 은초가 세 명을 죽였고, 다시 강변의 관제묘에서 세 명을 죽였으며, 호선이 이곳에서 네 명을 죽였으니 구사문 졸개를 모두 열 명이나 죽인 것이다.

이곳 당도현에 구사문 졸개들이 열 명만 온 것인지 아직 더 있을지는 지금으로서는 알 수 없는 일이다.

문득 이상한 느낌에 호리가 주위를 둘러보니 어느새 구경꾼들이 구름처럼 모여들었다.

그 사이로 아까 호리가 말을 물었던 점포의 말 많은 주인과 점원의 모습도 보였다.

두 사람은 빤히 호리를 주시하고 있었다. 그들은 지금 본 광경에 살을 더 붙여서 나중에 다른 사람들에게 입에 거품을 물고 퍼뜨릴 것이다.

호리가 새삼스럽게 주위를 다시 둘러보니 우연의 일치치고는 신기하게도 이 자리는 아까 호리, 은초가 구사문 졸개들과 싸웠던 장소였다.

"어서 가자."

퍼뜩 정신을 차린 호리는 서둘러 포구 쪽으로 달려갔다. 얼쩡거리다가 혹시 더 있을지도 모르는 구사문 놈들 눈에 띄면 골치 아파진다.

호리와 은초, 호선이 당도현 대로상에서 구사문 졸개들을 열 명씩이나 죽인 일은 아마 늦어도 하루가 지나기 전에 낙양 구사문 총단에 알려질 것이다.

아니, 더 빠를 수도 있다. 하오문들끼리는 기본적으로 서로 경쟁하고 암투를 벌이고 있지만, 어떤 상황에서는 서로 정보를 교환하면서 공생을 꾀하고 있기 때문에 이곳의 하오문이 이 사실을 구사문에 알려줄 수도 있다. 세상에서 손가락질받는 하오문이라는 특수성 때문일 것이다.

염복 일당 열세 명을 죽인 것에다 이제 열 명을 더 죽였다.

구사문은 발칵 뒤집힐 것이고, 아마 총력을 기울여 호리 일행을 추적할 것이 분명했다.

호리가 힐끗 뒤돌아보니 구경꾼들이 이쪽을 쳐다보고 있을 뿐 추격하는 무리는 없었다.

문득 아까부터 밥을 먹고 체한 것처럼 가슴에 걸려 있는 한 가지 사실이 불쑥 고개를 들었다.

'어째서 구사문 놈들이 호선을 보고 공격한 것이지?'

바로 그 의문 때문이었다.

호리와 함께 있었던 것도 아니고, 호선 혼자 있는데에도 불구하고 구사문 졸개들이 그녀를 다짜고짜 공격했다는 사실이 영 께름칙했다.

문득 호리는 처음에 자신이 호선을 업은 상태에서 구사문 졸개들과 마주쳤을 때, 놈들이 호선을 자신들에게 넘기라고 윽박질렀던 사실을 기억해 냈다.

'설마… 놈들의 목적이 호선이라는 말인가?'

이상한 기분이 든 호리는 곁에 바짝 붙어서 달리고 있는 호선을 힐끗 쳐다보았다.

호선은 호리를 보며 생긋이 미소 지었다. 예전에도 호리에겐 무조건 잘하고 따르는 그녀였지만, 지금처럼 곧잘 미소를 짓지는 않았었다.

혼절한 그녀 곁에서 호리가 밤을 꼬박 새우면서 간호했다는 말을 철웅에게 들었기 때문일까?

미미한 변화지만 호리는 그녀가 예전에 비해서 자신을 조금 더 살갑게 대하고 있는 것을 느낄 수 있었다.

그러나 지금은 그게 중요한 것이 아니다. 호리는 시선을 앞으로 하며 속으로 고개를 가로저었다.

'놈들의 목적이 호선일 리가 없다. 그녀가 항주성에서 염복 일당을 죽인 것을 본 사람은 아무도 없는데 어떻게 그럴 수 있겠는가?

어쨌든 일이 걷잡을 수 없이 커져 버리고 말았다.

미심쩍은 부분이 조금 있기는 하지만, 호리는 구사문이 쫓는 사람이 자신이라는 사실을 조금도 의심하지 않았다.

어느덧 호리 일행은 포구에 도착했다.

호리궁은 포구에서 이십여 장 거리의 강 복판에 닻을 내린 상태에서 떠 있었다.

난간 가에 철웅이 포구 쪽을 향해 서 있는 것을 발견한 호리가 손을 흔들어 신호를 보냈다.

호리를 발견한 철웅이 닻을 올리려고 빠르게 움직였다.

"업고 있는 녀석 꼭 잡아."

척!

그때 호선이 말하면서 손을 뻗어 호리의 손을 잡았다.

호리는 순간적으로 호선의 말뜻을 알아듣지 못했다. 또한 그녀가 왜 자신의 손을 잡았는지도 몰랐다.

휘익!

"엇?"

다음 순간 호리는 포구 가장자리에 서 있던 자신의 몸이 강을 향해 쭉 빨려가는 듯한 느낌을 받고 깜짝 놀랐다.

"……!"

그리고는 자신이 강의 수면 위를 달리고, 아니, 날고 있다는 사실을 깨닫고 더욱 놀라고 말았다.

급히 호선을 쳐다보았다. 그녀는 상체를 앞으로 비스듬히 기울인 자세로 질풍처럼 달리고 있었다.

호리의 시선이 그녀의 발로 내려갔다.

호선은 마치 맨땅에서처럼 두 발끝으로 수면을 디디며 달리고 있었다.

발끝이 한 차례 수면을 살짝 박찰 때마다 그녀는 오륙 장씩이나 쏘아나갔다.

그것도 홀몸이 아니고 은초를 업고 있는 호리의 손을 잡은 채 말이다.

그 광경을 보고 있는 호리의 눈이 휘둥그렇게 커졌다. 사람이 소금쟁이가 아닌 다음에야 도대체 어떻게 물 위를 달릴 수 있다는 말인가?

그의 상식으로는 도저히 이해되지 않는 일이 눈앞에서 벌어지고 있는 것이다.

그러나 지금 호선이 전개하고 있는 경공술은 물에 나뭇잎 하나를 띄워놓고 그것을 밟은 상태에서 빠르게 쏘아나가 강을 건넌다는, 이른바 일엽도강(一葉渡江)보다 한 단계 위의 수법이었다.

공력을 두 발바닥으로 뿜어내어 수면과 마찰을 일으키는 것이니 땅을 딛는 것이나 크게 다르지 않았다.

눈 위를 달려도 발자국을 남기지 않는 답설무흔(踏雪無痕)이나, 풀끝을 밟고 달리는 초상비(草上飛)를 가일층 발전시킨 절정의 경공, 즉 잠자리가 물을 살짝살짝 찍으며 나는 것과 비슷한 모습이라는 청점활비(蜻點滑悲)의 경공인 것이다.

그러나 이런 최고도의 경공은 아무나 전개할 수 있는 것이 아니다.

어설프게 청점활비의 흉내만 내려고 해도 일 갑자 반, 즉 구십 년의 내공이 있어야만 하며, 능숙하게 전개하려면 이 갑자의 내공을 지녀야 하는 것이다.

호리는 한 가지 사실을 다시 깨달았다. 호선의 무공은 자신이 여태까지 생각했던 것보다 훨씬 더 높은 경지라는 사실이었다.

그래서 호리는 앞으로 호선의 무공이 어느 정도일 것이라고 미리 추측하는 것을 그만둬야겠다고 생각했다.

호선을 보면서 새로운 사실을 깨닫는 사람은 호리 혼자만이 아니었다.

호리에게 업혀 있는 은초는 호선이 발휘하고 있는 신기를 보면서 혼이 달아날 정도로 기겁하여 지금 자신이 몹시 아프다는 사실조차도 잊어버렸다.

그리고 그는 깨달았다. 호선에게 잘못 보였다가는 목숨이 여벌로 열 개쯤 더 있어도 모자랄 것이라는 사실을.

강에 떠 있던 수십 척의 배들이 멈춘 채 포구에 많은 사람들이 난간 가에 몰려나와 있었다.

한 명의 소녀가 한 소년을 업고 있는 또 다른 한 소년의 손을 잡은 채 강 위를 바람처럼 달리고 있는 믿어지지 않는 광경을 구경하기 위해서였다.

第二十章
호리 곁을 떠나지 않을 거야

"철웅아, 전속력으로 가자."

호리는 철웅에게 지시한 후 중간층으로 내려왔다.

당도현에서 구사문 졸개들을 열 명이나 죽였으며, 강에서 호선이 사람들을 놀라 자빠지게 만드는 신기를 보였으니, 그 소문이 순식간에 짜아 하게 퍼지지 않으면 그게 오히려 이상한 일일 터이다.

그러니 한시바삐 당도현에서 멀어지는 수밖에 없었다.

구사문이 예상하는 것보다 더 빨리 더 멀리 달아나는 것이 최선책이라고 판단한 호리였다.

호선의 방.

"호선아, 나 좀 보자."

"응? 뭘?"

호리가 들어서면서 평소와는 다른 진지한 얼굴로 말하자 열어놓은 창 앞 침상 위에 책상다리를 한 채 턱을 괴고 오도카니 앉아 있던 호선은 생글생글 미소 짓는 얼굴로 그를 향해 돌아앉았다.

호리는 침상에 앉은 호선 앞에 서서 그녀의 얼굴을 두 손으로 감싼 채 자세히 살펴보았다.

호선은 얌전하게 가만히 앉아서 눈을 내리깔고 호리에게 얼굴을 내맡겼다.

"눈 떠봐."

호리는 호선의 눈을 빤히 들여다보았다. 그녀의 눈은 흑백이 또렷했으며 명경지수처럼 맑아서 들여다보고 있으니 그 속에 퐁당 빠져 버릴 것만 같은 착각이 들었다.

그는 호선의 눈에서 추호도 혼절의 흔적이나 징후 같은 것을 발견하지 못했다.

뺨을 쓰다듬어 보고, 입을 크게 벌리라고 해서 목젖까지 들여다보기도 했으며, 머리도 이리저리 만져 보았지만 붓거나 다친 흔적 따윈 없었다.

그녀가 느닷없이 혼절을 했기 때문에 머리에 이상이 있는 것이 아닐까 하고 생각한 호리였다. 그러나 얼굴이나 머리에선 아무런 이상도 발견하지 못했다.

'혹시 그사이에 상처가 덧난 것일까?

그렇게 생각하면서 호선의 왼쪽 가슴 부위를 응시하자 그녀가 말갛게 호리를 바라보며 조용히 물었다.

"옷을 벗을까?"

"으… 응?"

"내 벗은 몸을 살펴보고 싶은 것 아냐?"

"그, 그래."

호선이 거리낌없이 말하자 오히려 호리가 화들짝 놀라 말을 더듬거렸다.

'흐익?

'헉!'

선실에 있던 철웅과 은초는 방금 전음통을 통해서 들려온 호리와 호선의 대화를 듣고 소스라치게 놀랐다.

두 사람이 워낙 가까운 사이라서 호리가 호선의 목욕을 시켜줄 정도라는 사실은 이미 알고 있는 철웅과 은추다.

그렇지만 호선이 자신의 벗은 몸을 살펴보고 싶으냐고 서슴없이 묻자, 호리가 그렇다고 대답할 정도의 깊은 사이일 것이라고는 짐작조차 하지 못했었다.

철웅과 은초는 극도로 긴장하여 숨을 멈추고는 자신들도 모르게 상체가 전음통으로 스르르 기울어졌다.

철웅과 은초는 성격이 완전히 판이하게 다르지만, 오직 한 가지 점에서는 일치한다.

뜨거운 피가 끓어오르는 젊은 청춘이라는 점이 그것이다.

사르락… 사르락…….

옷 벗는 소리가 전음통을 통해서 생생하게 전해졌다. 전음통의 성능은 최상이었다.

철웅과 은초도 눈이 제대로 박혔으니 호선이 얼마나 아름다운지 잘 알고 있다.

또한 호선이 입고 있는 얇은 무명옷 속에 얼마나 늘씬하고 탐스러운 몸이 감춰져 있는지도 어렴풋이 짐작하고 있었다.

철웅과 은초는 항주제일미라는 성희비의 아름다운 자태를 몇 번인가 먼발치에서 본 적이 있었다.

성희비는 언제나 최고급 비단옷을 입고 화려한 마차를 타고 다니면서, 내로라는 고관대작이나 이름 높은 풍류가객하고만 어울린다.

그렇지만 철웅과 은초는 허름한 무명옷을 입고 있는 호선의 미모가 성희비보다 열 배는 더 아름답다는 사실에 이의를 제기하지 않았다.

철웅과 은초는 전음통에서 흘러나오는 옷 벗는 소리를 들으며 제 나름대로의 상상의 날개를 활짝 펼치고 있었다.

두 사람은 벌겋게 충혈된 눈으로 전음통을 쏘아보면서 숨도 쉬지 않았고, 온몸에 힘이 잔뜩 들어갔다.

꿀꺽!

그때 철웅이 극도로 긴장하여 마른침을 삼켰다.

그런데 그 소리가 너무 컸나 보다.

"너희들, 귀 안 막을래?"

"헉!"

"윽!"

갑자기 전음통에서 들려온 호선의 나직하지만 싸늘한 목소리에 철웅과 은초는 헛바람을 들이키며 소스라치게 놀랐다.

우지끈!

그때 무언가 깨지는 듯한 소리가 선수 쪽에서 들리는 것과 동시에 호리궁 전체에 묵직한 충격이 전해졌다.

"철웅아! 무슨 일이냐?"

전음통에서 호리의 놀라는 목소리가 흘러나왔다.

철웅과 은초는 동시에 전방을 쳐다보다가 안색이 꺼멓게 돌변했다.

순간 두 사람의 고개가 황급히 왼쪽으로 돌아갔다.

그들의 시선 끝에는 두 동강이 난 어느 배의 앞부분이 가라 앉고 있었으며, 장사치로 보이는 사람들이 비명을 지르면서 강물로 뛰어들고 있었다.

이번에는 두 사람의 고개가 약속이나 한 듯 재빨리 오른쪽 으로 향했다.

그쪽에는 방금 보았던 동강난 배의 나머지 뒷부분이 가라 앉고 있는 중이며, 역시 사람들이 아우성치면서 강물로 뛰어 드는 광경도 같았다.

그 배는 호리궁보다 조금 더 큰 크기였는데, 호리궁이 옆구 리를 들이받자 단 한 방에 두 동강 나버린 것이었다.

"무슨 일이냐? 내가 올라갈까?"

대답이 없자 전음통에서 호리의 음성이 다시 흘러나왔다.

순간 철웅과 은초는 동시에 입을 모아 외쳤다.

"별일 아냐! 올라올 필요 없다!"

두 사람은 잠시·한눈을 파는 사이에 애꿎은 배 한 척을 침 몰시켜 버렸다.

그들은 자신들의 불찰 때문에 졸지에 침몰한 배와 강물로 뛰어든 사람들에게 미안한 마음을 속으로만 간직한 채 묵묵 히 시선을 정면으로 향했다.

방금 벌어진 일은 둘만 아는 비밀이 되어 아마도 무덤 속까 지 갖고 갈 터이다.

호리는 이각에 걸쳐서 호선의 나신을, 아니, 상처들을 세밀하게 살펴보았다.

그러나 왼쪽 젖가슴 위 검에 찔렸던 상처의 흉터만 아주 흐릿하게 남아 있을 뿐, 암기 매화정이 꽂혔던 스물한 군데가 도대체 어디였는지조차 찾을 수 없을 정도로 말짱했다.

몇 번을 거듭 살펴봐도 그녀를 느닷없이 혼절시켰을 것이라고 의심이 갈 만한 곳은 끝내 찾아내지 못했다.

"어때?"

"깨끗해. 다 나았어."

"나도 그렇게 생각해. 그런데 왜 갑자기 혼절했을까?"

호선은 고개를 갸웃거렸다.

"혼절할 때 어땠어? 어지럽거나 몸 어느 곳이 아프다는 느낌 같은 것 없었어?"

호선은 고개를 살래살래 가로저었다.

"사실, 나는 내가 혼절한 줄도 몰랐어. 호리 네가 나를 소리쳐 부르기 전까지는."

호리는 어리둥절한 표정을 지었다가 어떤 사실을 깨닫고 적잖이 놀랐다.

"그럼 혼절해 있는 상태에서도 내가 부르는 소리를 들었다는 말이야?"

“웅. 네가 부르는 소리를 듣고 일어나려고 애썼는데 도무지 몸이 말을 듣지 않았어. 그래서 내 몸이 이상하다는 사실을 처음 알게 된 거야.”

호리는 어이없는 표정을 지었다.

“어… 떻게 그럴 수가 있는 거지?”

호선은 고개를 살래살래 가로저었다.

“나도 모르겠어.”

호리가 착잡한 표정을 짓고 있는 것에 반해서 호선의 표정은 그리 어둡지 않았다.

침상에 걸터앉은 그녀는 자신의 앞에 서 있는 호리를 빤히 올려다보았다.

“나는 내가 누구였는지, 또 어떤 신분이었는지 모르지만 조금도 두렵지 않아.”

호리는 물끄러미 그녀를 굽어보았다.

호선의 얼굴에 햇살 같은 미소가 환하게 피어올랐다.

“호리 네가 날 지켜줄 것이라고 믿기 때문이야. 그렇지? 무슨 일이 있어도 날 지켜줄 거지?”

호리의 가슴속에서 잔잔한 물결이 일렁였다.

“물론이야.”

그것은 자신이 돈을 많이 벌어서 장차 사부에게 무도관을 차려 드리고, 사부, 사매와 함께 살게 될 것이라는 생각을 하면 가슴이 따뜻해지는 것과 비슷한 느낌이었다.

소르륵…….

그때 호선의 맑고 커다란 두 눈에 물기가 가득 차 올랐다.

"호리가 밤새 걱정하면서 내 곁을 지키며 온갖 방법으로 날 치료하려고 애썼던 것을 알고 있어. 내가 예전에 어떤 신분이었는지는 모르지만… 호리만큼 날 위해주는 사람은 아마 없었을 거야."

호리는 호선을 만난 이후 그녀가 눈물 흘리는 것을 처음 보게 되었다.

그녀는 극심한 중상을 입고서도, 자신이 기억을 잃었다는 사실을 알고서도 눈물 한 방울 보이지 않았었다.

"호선아, 그것은……."

호선은 혼절해 있는 동안의 모든 과정을 생생하게 기억하고 있었다.

그녀는 서 있는 호리의 허리를 두 팔로 안으면서 그의 가슴에 얼굴을 묻었다.

"나… 호리 곁에 있는 것이 좋아. 기억을 되찾더라도 네 곁을 떠나지 않을 거야."

문득 호리는 호선에게서 끈끈한 그 무엇을 느꼈다. 보이지 않는 질긴 밧줄 같은 것이 자신과 호선을 칭칭 묶어버리는 것 같은 느낌이었다.

그런 느낌은 예전에 사부와 사모, 그리고 사매 연지에게서
만 느꼈던 것이다.

호리는 말없이 호선의 머리를 부드럽게 쓰다듬기만 했다.

호선은 옷도 입지 않은 채 호리의 품에 안겨 오랫동안 그렇
게 있었다.

다음날.

식사를 하고 나서 호리와 은초는 수련실에서 각기 봉황무
와 은초혈선풍 던지는 연습을 하고 있었다.

입구 가까운 곳에서 은초가, 조금 안쪽에서는 호리가 수련
에 몰두했다.

어제, 호리는 은초를 데리고 호리궁으로 돌아오자마자 그
를 발가벗긴 후에 한 시진에 걸쳐서 온몸에 난 상처들을 빠짐
없이 손수 치료해 주었다.

다행히 은초의 몸에 난 상처들은 그리 심각한 상태가 아닌
찢어지고 깨진 정도여서 호리가 만들어둔 금창약으로도 치료
가 가능했다.

다만 은초의 눈가와 귀 부분이 약간 찢어진 것은 자연스럽
게 아물기를 기다려야만 하고, 앞니 하나가 부러진 것은 손을
쓸 방도가 없었다.

은초는 앞섶을 슬쩍 풀어헤친 상태에서 옷 속의 가슴에 차

고 있는 띠에서 재빨리 은초혈선풍을 뽑아 과녁에 던지는 연습을 부지런히 반복하는 중이었다.

호리의 봉황무는 처음보다 꽤 매끄러워져 있었다.

처음에는 동작이 하나도 이어지지 않고 뚝뚝 끊어지는가 하면, 엉거주춤 그저 몸부림을 치는 듯한 동작 일색이었는데 지금은 조금 어색하긴 해도 동작들이 무리없이 이어졌으며, 겉보기에도 제법 틀을 잡아가고 있었다.

하지만 여전히 권각술이라고 볼 수는 없는 상태였다. 그냥 제 흥에 겨워서 한바탕 덩실덩실 추어대는 그럴싸한 춤사위 이상은 아니었다.

호리는 끊임없이 수련을 하면서 어느 부분에서 주먹을 뻗고 발을 후려칠 것인가 궁구했지만 끝내 한 번도 주먹이나 발을 뻗어내지 못했다.

동작이 제아무리 수려하고 멋있어도 주먹과 발을 뻗어내지 못한다면 옹산화병(甕算畵餠)일 뿐이다.

그는 잠시 동작을 멈추고 고개를 갸웃거렸다.

'혹시 이것은 단지 춤일 뿐이지, 권각술로 활용할 수는 없는 것이 아닐까?

그러나 그는 곧 고개를 가로젓고 나서 주먹을 불끈 쥐었다.

'아니다! 여기서 그만두기에는 봉황무가 너무 아깝다. 권각술을 접목시킬 수만 있다면 백조비무격 이상의 훌륭한 권

각술이 될 수 있을 것이다!'

그는 속으로 결연하게 외치고는 다시 봉황무의 수련을 시작했다.

주먹이나 발을 뻗어 공격을 가하는 시점은 동작을 더욱 완숙하게 익히고 나서 하기로 마음먹었다.

사실 엊그제까지만 해도 호선에게 봉황무에 대해서 자세히 가르쳐 달라고 부탁하리라 작정했던 그다.

그러나 호선이 느닷없이 혼절을 하여 난데없는 파란을 겪은 후에는 마음을 바꿀 수밖에 없었다.

지금 그녀는 호리를 하늘처럼 믿고 따르는 실정이다. 그녀에겐 호리가 전부였다.

"나… 호리 곁에 있는 것이 좋아. 기억을 되찾더라도 네 곁을 떠나지 않을 거야."

그렇게까지 말하는 그녀다. 그런 그녀에게 무공을 가르쳐 달라고 하는 것이 왠지 조건을 붙이는 것 같아서 호리 자신이 거부감이 든 것이다.

척!

그때 호선이 수련실로 들어섰다. 그러나 수련에 열중해 있는 두 사람은 그녀의 출현을 알지 못했다.

은초가 가슴에 두르고 있는 띠에서 오른손으로 은초혈선
풍 하나를 재빨리 뽑아 팔을 뒤로 한껏 젖혔다가 과녁을 향해
힘껏 내던졌다.

탁!

은초혈선풍은 과녁 한복판 원에서 살짝 벗어나 두 번째 원
에 적중했다.

은초는 제 딴에도 몹시 빨리 던졌으며, 제대로 맞췄다는 생
각이 들어 과녁을 보면서 흡족한 미소를 지으며 감상하다가
뒤에 서 있는 호선을 발견하고 움찔 놀랐다.

은초는 머쓱한 표정을 지으면서 슬쩍 얼굴을 붉혔다.

그는 호선이 얼마나 고강한지 어렴풋이나마 짐작하고 있
었기 때문에, 그녀가 볼 때 은초 자신의 암기 던지기 같은 것
은 어린아이 장난처럼 보일 것이라는 생각이 들자 더욱 부끄
러워졌다.

"왜 그리 어렵게 던지는 것이지?"

호선이 손을 턱에 얹은 채 고개를 갸웃거렸다.

"무슨……."

은초는 무슨 말인지 몰라 어리둥절했다.

"이리 줘봐."

호선이 티 한 점 없이 갸름한 손을 내밀었다.

은초는 머뭇거리다가 은초혈선풍 하나를 꺼내 조심스럽게

호선에게 내밀었다.

"전부 줘."

호선의 말에 은초는 깜짝 놀랐다가 과녁으로 뛰어가 암기들을 모두 뽑아 띠에 꽂은 후 띠째로 그녀에게 조심스럽게 건네주었다.

호선은 띠를 자신의 옷 위 가슴에 둘렀다. 그러나 등 뒤에 세 개씩이 되는 고리를 채우는 것이 까다로워 애를 먹다가 은초에게 부탁했다.

"이것 좀 해줘."

그녀가 스스럼없이 부탁하자 은초는 화들짝 놀라더니 머뭇거리기만 할 뿐 얼른 해주지 못했다.

"이게 주인이 아니라고 잘 안 되네. 네가 좀 해봐."

이번에는 호선이 은초 앞으로 등을 내밀자 그는 너무 놀라서 딸꾹질까지 해댔다.

호선은 두 손을 등 뒤로 돌린 상태에서 은초가 해주기를 가만히 기다렸다.

크게 당황한 은초는 어떻게 해야 할지를 몰라 쩔쩔매다가 결국 자신이 해줄 수밖에 없다는 사실을 깨닫고 조심스럽게 두 손을 내밀었다.

띠의 양쪽 끝을 등 뒤로 붙잡고 있는 것을 은초가 넘겨받으려면 호선의 손과 닿을 수밖에 없었다.

혹시 손이 닿았다고 해서 죽어라고 박살나는 것은 아닌가? 하는 불안감이 은초의 뇌리를 스쳤지만, 그의 두 손은 어느덧 호선의 손에서 띠의 양쪽을 건네받느라 그녀의 손을 스치는 정도가 아니라 아예 만져 버리고 말았다.

그러나 신기하게도 호선은 발작하지 않았을 뿐 아니라 띠를 이어주기를 기다리면서 잠자코 있었다.

은초는 두 손을 가늘게 떨면서 세 개의 고리를 끼우느라 비지땀을 흘리며, 자신이 왜 고리를 세 개씩이나 만들었는지 머리가 터지도록 후회를 했다.

은초가 우여곡절 끝에 간신히 고리를 끼우는 데 성공하고 한숨을 토해내고 있을 때, 호선이 띠를 매만지면서 은초를 향해 가볍게 고개를 끄덕여 보였다.

"고맙다."

"헉!"

은초는 호선의 뜻밖의 반응에 너무 놀라 자신도 모르게 헛바람을 들이키고 말았다.

"왜?"

"아, 아냐!"

은초는 두 손을 미친 듯이 휘저었다. 그는 호선이 과녁을 향해 똑바로 서서 자세를 잡는 것을 보며 귀신에게 홀린 듯한 표정을 지었다.

'애한테 고맙다는 소리를 듣다니……'

호선이 은초에게 은초혈선풍 하나를 건네주면서 주문했다.

"자, 네가 한 번 던져 봐."

은초는 호선 옆에 우뚝 서서 은초혈선풍을 오른손에 쥐고 팔을 뒤로 한껏 젖혔다.

호선이 지켜보고 있으니 몸이 뻣뻣하게 굳어졌으며 정신은 극도로 긴장했다.

탁!

그가 막 오른팔을 휘두르고 있는데 과녁 쪽에서 가벼운 격타음이 들렸다.

휘익!

팔을 힘껏 뿌리치면서 은초혈선풍을 던져 내며 그는 보았다.

정확하게 과녁 한복판에 이미 하나의 은초혈선풍이 꽂혀 있는 것을.

놀라서 균형이 흐트러지는 바람에 은초가 던진 암기는 과녁을 벗어나 벽에 꽂히고 말았다.

"어떻게… 한 거지?"

은초는 어리둥절한 표정으로 호선을 쳐다보았다. 그는 호선이 암기를 던지는 것을 보지 못했었다.

“정작 싸움이 벌어졌을 때 너처럼 그렇게 굼뜨다가는 큰일을 당하고 말 거야.”

은초는 호선에게 은초혈선풍을 받자마자 재빨리 던지느라 애썼는데 그것을 굼뜨다고 말한다.

그러나 언제 던졌는지도 모를 은초혈선풍 하나가 과녁 한복판에 꽂혀 있는 것을 보고는 뭐라고 항의를 할 수도 없는 은초였다.

호선은 냉정한 표정으로 설명을 이었다.

“생사가 걸린 싸움에서는 눈조차 깜빡일 여유가 없어. 그 순간에 내가 죽을 수도 있기 때문이지. 그런데 너처럼 암기를 뽑아서 뒤로 젖혔다가 온 힘을 다해서 던지느라 시간을 잡아먹다가는 적과 정면 대결하는 것은 무리야. 몰래 숨어서 암기를 던져야만 할 거야.”

호선은 마치 백전노장처럼 설명했다.

은초는 숨어서만 몰래 적을 암습해야 한다는 말에 약간 기분이 상했다.

그렇지만 호선의 지적은 정확했다. 적과 생사를 건 싸움을 벌이고 있다는 가정을 해보니 자신의 동작이 클 뿐만 아니라 너무 느린 것이 맞았다. 그랬다가는 목숨이 백 개라도 모자랄 터이다.

은초는 조심스럽게 호선의 표정을 살폈다. 조금 전에 고맙다고 말할 때와는 달리 지금 그녀의 얼굴은 냉정했다.

그는 어떻게 하면 빠르게 던질 수 있는지 방법을 가르쳐 달라는 말이 목구멍에 걸려서 나오지 않았다.

그러나 그녀가 은초 자신의 결점을 지적했을 때에는 뭔가 가르침을 주기 위함이 아니었겠는가, 라는 생각이 얼핏 들었다.

또한 그녀가 은초에게서 은초혈선풍이 담긴 띠를 받아서 제 가슴에 찼을 때에는 그저 암기를 한 번 던져 보려고 그러지는 않았을 터이다.

방금 전에 호선이 어떤 수법을 썼는지는 모르지만, 은초혈선풍을 그렇게 빨리 발출할 수만 있다면 어떤 상대를 만나든 무서울 것이 없을 듯했다.

호선이 무섭기도 하고, 또 그녀에 대해서 별로 호감을 느끼지는 않지만, 은초혈선풍을 번개같이 던져 내고 싶다는 열망이 더 컸다.

이윽고 은초는 아랫배에 불끈 힘을 주고 호선 앞에 서서 깊숙이 허리를 굽혔다.

"부디 빠르게 던지는 기술을 가르쳐 줘."

호선은 눈을 내리깔고 오만한 자세로 턱을 주억거렸다.

"제법 예절을 아는군?"

은초는 얼굴을 붉히며 부끄러워했다.

“활로 화살을 쏘아낼 때, 그것을 던진다고 하나?”

호선이 불쑥 물었다.

“아니…….”

“그럼 뭐라고 하지?”

“그냥… 쏘아낸다고 하지 않나?”

호리는 봉황무 수련을 중단하고 호선과 은초를 물끄러미 바라보고 있었다.

호선은 호리와 눈이 마주치자 생긋 미소를 지어 보인 후에 다시 냉정한 얼굴로 은초에게 설명을 이었다.

“발사(發射)라고 해.”

“아…… 발사.”

“암기는 던지는 것이 아니라 발사하는 것이다.”

은초는 고개를 갸우뚱했다.

“무엇으로 발사하지?”

“암기로.”

“아니, 내 말은 그게 아니라… 화살을 활로 발사하는 것처럼 암기를 무엇으로 발사하느냐, 이거야.”

호선은 백옥처럼 희고 매끈한 손을 들어 보였다.

“손으로.”

“…….”

은초는 어리둥절한 표정을 지었다. 그러나 그 표정은 곧 놀라움, 아니, 경악으로 변했다.

쉿!

딱!

호선이 띠에 꽂혀 있는 은초혈선풍 하나를 만지는가 싶더니 어느새 흐릿한 빛줄기가 되어 쏘아져 나가 순식간에 과녁에 꽂혀 버리는 것이 아닌가.

은초는 호선의 두 걸음 거리에서 두 눈 뻔히 뜨고 봤지만, 실상 아무것도 보지 못했다.

"어… 떻게 한 거지?"

그는 조금 전에 이어서 또 그렇게 물을 수밖에 없었다.

예전의 호선 같았으면 굳이 은초에게 암기 던지는 방법 따위를 가르쳐 주려고 하지도 않았을뿐더러, 설사 가르친다고 하더라도 지금과 같은 상황에서는 벌써 주먹이 튀어나왔을 것이다.

"천천히 다시 할 테니까 잘 봐."

그러나 호선은 두 팔을 늘어뜨린 자세로 과녁을 향해 서서 조용히 말했다.

그녀는 한 번 혼절하고 난 이후 마음속으로 뭔가 새로운 다짐을 한 사람 같았다.

은초는 그녀의 친절한 행동에 놀랐지만, 그보다는 암기 던지는 법을 배우는 것이 더 중요하여 이번에는 놓치지 않으려고 눈을 부릅뜬 채 주시했다.

호선은 최대한 천천히 오른손을 들어 올려 띠에 담겨 있는 은초혈선풍 한 자루를 잡았다.

띠에는 가로 열 칸의 좁은 주머니가 두 줄, 즉 스무 개가 있고 그 안에 은초혈선풍이 쇠붙이 쪽이 아래로 향하게 담겨져 있었다.

호선은 은초혈선풍의 윗부분을 엄지와 검지, 중지, 세 손가락만으로 잡아 주머니에서 뽑아 올리면서 손목을 안쪽으로 굽혔다가 갑자기 밖으로 가볍게 뿌리치듯 팅겨냈다.

은초가 오른팔 전체를 어깨 뒤로 한껏 젖히는 것하고는 비교도 되지 않을 정도로 간단한 동작이었다.

쉬잇!

딱!

은초혈선풍은 두 번째에 이어 과녁의 한복판에 적중했다.

호선이 동작을 구분해서 아주 천천히 취했기 때문에 은초는 똑똑히 볼 수 있었다.

그는 눈을 휘둥그렇게 뜨며 놀라고 말았다. 호선이 암기를 쏘아내는 것은 팔을 휘둘러서 던지는 것이 아니라 그녀의 말처럼 '발사' 하는 것이었다.

은초가 놀라고 있는 사이에 호선이 느릿한 동작으로 다시 한 번 보여주었다.

쉭!

딱!

네 번째 은초혈선풍이 또다시 정확하게 과녁의 정중앙에 꽂히는 소리가 실내를 울렸다.

은초가 은초혈선풍을 던지는 방법은 오른손으로 띠의 주머니에서 은초혈선풍의 윗부분을 잡아 꺼낸 후, 손 안에서 한 바퀴 돌려 쇠붙이 쪽을 잡는 것과 동시에 오른팔을 어깨 너머로 젖혔다가 힘껏 던지는 것이다.

그러니 제아무리 오랫동안 피나는 수련을 하여 숙달시킨다고 해도 호선이 던지는 방법에 비하면 터무니없이 늦을 수밖에 없었다.

호선은 은초혈선풍을 뽑자마자 슬쩍 손목만을 떨치면서 발사해 버린다.

문득 은초는 한 가지 사실을 깨달았다.

'은초혈선풍의 앞부분은 쇠붙이고 뒤는 나무이기 때문에 앞이 훨씬 무겁다. 그러니까 어느 곳을 잡고 던지더라도 무거운 앞부분이 과녁에 꽂히는 것이다……!'

그런데도 그는 굳이 쇠붙이를 손 안에 잡고 던졌으며, 그것이 잘못된 것이라고는 추호도 생각하지 못했었다.

'밥통! 병신 같은 놈!'

그는 머리를 벽에 들이박고 싶은 것을 간신히 참았다.

하지만 호선처럼 하자면 한 가지 큰 난제가 남아 있었다.

과연 어떻게 손목의 힘만으로 은초혈선풍을 발사하느냐는 것이며, 또 표적에 정확하게 맞추느냐는 것이다.

문득 은초는 호선이 과녁을 향해 두 손을 늘어뜨린 자세로 똑바로 서 있는 것을 보고 그녀가 또 무엇인가를 보여줄 것이라고 생각했다.

호선이 천천히 두 손을 들어 올렸다.

다음 순간 그녀의 두 손이, 아니, 두 손목이 육안으로 보이지 않을 정도로 빠르게 움직였다. 그런데 마치 옷에 묻은 먼지를 털어내는 것처럼 가벼운 동작이었다.

슈슈슈슈슉!

따따따따딱!

눈을 한 번 깜빡거릴 짧은 순간에 띠에 남아 있던 열여섯 개의 은초혈선풍이 모조리 발사되었다.

은초의 두 눈이 더 이상 커질 수 없을 만큼 휘둥그렇게 커졌다. 그는 급히 과녁을 쳐다보다가 혼비백산하고 말았다.

이십 자루의 은초혈선풍이 모조리 과녁의 한복판 작은 원 안에 집중적으로 꽂혀 있었다.

"믿… 을 수가 없어……."

은초는 자신의 눈을 의심했다. 그래서 눈을 비비고 다시 쳐다봤지만, 잘못 본 것이 아니었다.

호선은 오른손만으로 아니라 왼손까지 사용하여 양손으로 은초혈선풍을 털어내듯이 발사했다.

은초에게 과제 하나가 더 생겼다. 그러나 그것은 어쩌면 죽을 때까지 오르지 못할 태산일지도 몰랐다.

"띠 벗겨줘."

제 할 일을 다 했다는 듯 호선이 등을 내밀었지만 은초는 제정신이 아니었다. 그는 듣지 못한 듯 비틀거리면서 과녁으로 걸어가고 있었다.

그는 과녁 앞에서 코를 바짝 들이대고 확인해 봤지만, 손바닥 절반보다 작은 원 안에 틀림없이 은초혈선풍 스무 자루가 모조리 빽빽하게 꽂혀 있었다.

네 자루는 먼저 꽂혀 있었던 것이고, 열여섯 자루가 한꺼번에 발사되어 꽂힌 것이다.

과녁 앞에서 일부러 하나씩 일일이 손으로 꽂으려고 해도 이럴 수는 없을 것 같았다.

은초는 열병을 앓는 사람 같은 표정을 지었다. 자신에게 이런 실력만 있다면 천하에 무서울 것이 없을 것이라는 생각이 들었다.

눈 한 번 깜빡이는 순간에 스무 자루의 은초혈선풍을 발사한다는 것은, 눈 깜빡할 사이에 스무 명을 죽일 수 있다는 뜻이 아니겠는가.

은초는 과녁에서 시선을 떼지 못한 채 정신이 나간 사람처럼 물었다.

"어… 떻게 암기를 이처럼 잘 던질 수 있는 거지?"

호선은 혼자서 어렵게 띠를 벗어 바닥에 내려놓고는 호리 쪽으로 걸어가며 시큰둥히게 대답했다.

"나도 몰라."

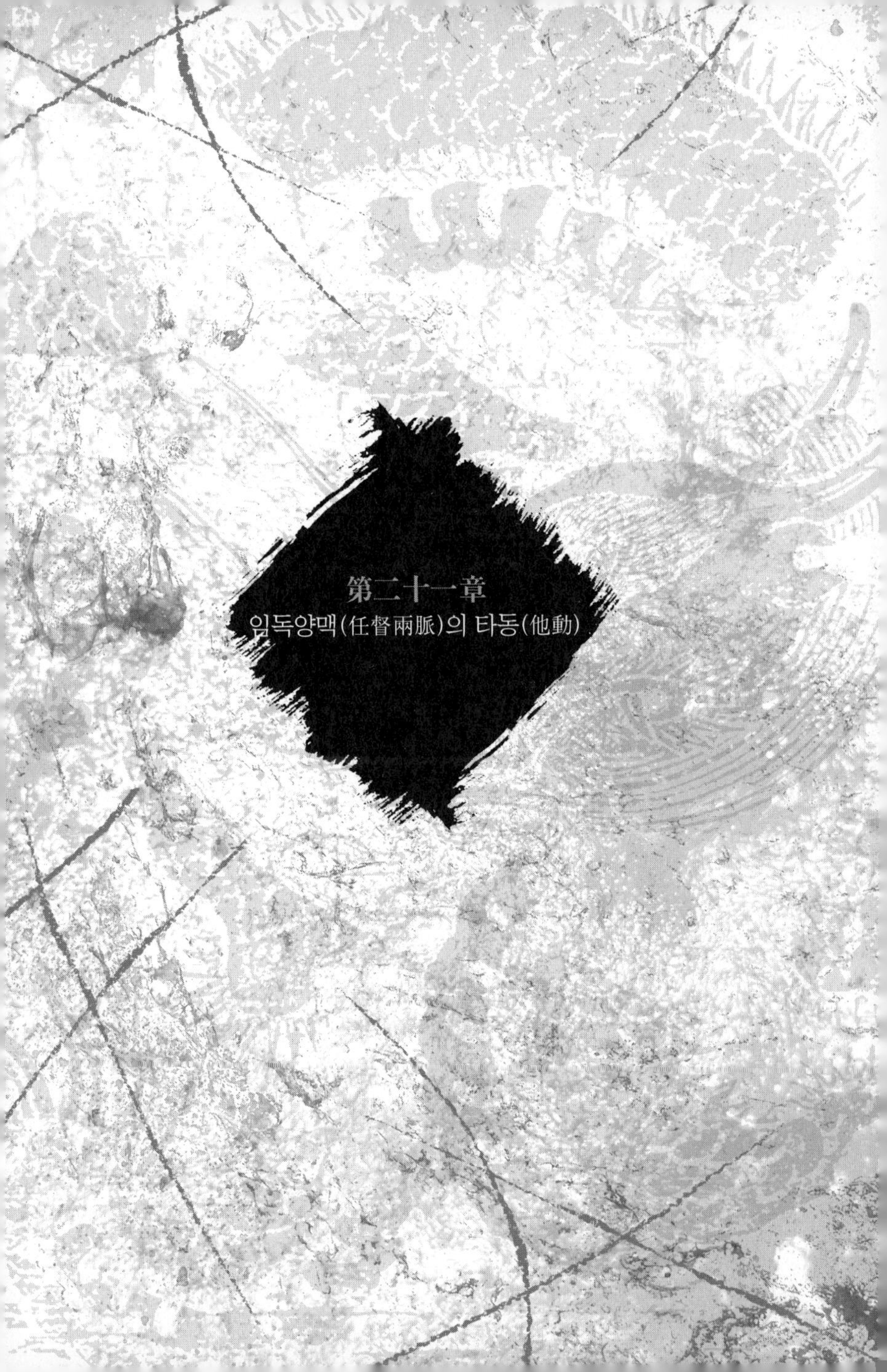
第二十一章
임독양맥(任督兩脈)의 타동(他動)

호리는 걸어오는 호선을 보며 미소를 지어 보였다.

"잘했어."

호선이 은초에게 은초혈선풍 던지는 수법을 가르친 것에 대해서 하는 말이었다.

평소에 호선이 철웅과 은초를 심하게 다루는 것을 호리가 모를 리 없었다.

하지만 그는 매번 그럴 때마다 자신이 나서서 중재하려고 들지 않았다.

사람과 사람 사이의 일은 억지나 강제로 조화를 이룰 수가 없는 것이라고 생각하기 때문이다.

그리고 시간이 지나다 보면 어떤 형태로든 세 사람이 융화를 이룰 것이라 여기고 기다렸는데, 그 시기가 예상외로 일찍 찾아온 것이다.

물론 그것은 호선의 전폭적인 이해와 양보가 있었기에 가능한 일이었다.

"호리."

호선이 호리와 마주 서서 의아한 표정을 지었다.

"응?"

"조금 전에 하던 것. 매우 눈에 익은 것 같아."

"응. 봉황무?"

"봉황무……?"

호선은 고개를 갸웃거리면서 중얼거렸다.

"봉황…….."

호리는 그녀가 무언가 기억을 떠올리려는 것 같아서 적이 긴장한 표정으로 말없이 지켜보았다.

섣불리 말을 걸었다가 일껏 되살아나려는 기억의 한 조각이나마 스러질까 봐 우려해서였다.

그러나 호선의 얼굴빛이 곧 흐려졌다.

"봉황이란 말이 많이 귀에 익은 것 같은데 어디에서 들었는지 잘 모르겠어."

"차츰 생각나겠지."

호리가 조용히 위로하자 호선은 방금 전까지 흐렸던 표정을 환하게 바꾸며 종알거렸다.

"호리. 봉황무라는 것, 한번 해봐."

호리는 아연 긴장하는 표정을 지었다. 봉황무를 보고 호선이 무언가 지적해 주기를 기대하기 때문이었다.

그는 우뚝 서서 자세를 바로잡은 후 최선을 다해서 봉황무를 펼치기 시작했다.

그가 전개를 하면서 슬쩍 쳐다보자 호선은 팔짱을 낀 채 진지한 표정으로 지켜보고 있었다.

호리는 더욱 열과 성을 다하여 한 동작 한 동작에 전력을 다 쏟아냈다.

이윽고 이각여에 걸친 봉황무가 끝났다.

호리는 가볍게 숨을 토해내면서 호선을 쳐다보았다.

그녀의 시선은 호리가 봉황무를 추던 장소에 고정되어 있었다. 깊은 생각에 잠긴 모습이었다.

호리는 그녀의 생각을 깨지 않으려고 잔자코 기다렸다.

그때 호선이 생각에 잠긴 모습으로 방금 전 호리가 봉황무를 전개하던 장소로 나아갔다.

그런데 걸어가는 것이 아니라 그냥 선 자세에서 두 발이 바닥 위를 미끄러지듯이 흘러가는 것이었다.

마치 잔잔하게 흐르는 개울물 위에 서 있거나 낮게 뜬 구름 위에 타고 있는 듯한 모습이었다.

호리는 지금의 호선이 평소의 호선이 아니라는 사실을 깨달았다.

그녀는 기억을 잃은 평소와 과거의 습관, 본능 사이를 본의 아니게 자유자재로 넘나들고 있었다.

호리는 마음을 가라앉히고 호선에게 시선을 집중시켰다.

이윽고 호선이 움직이기 시작했다.

그녀의 움직임은 몹시 느렸고 유연했다. 호리는 그녀가 시범을 보이기 위해서 일부러 최대한 느리게 동작하는 것이라는 사실을 깨달았다.

그런데 지금 호선이 보여주고 있는 동작은 그날 밤 그녀가 만월 속으로 솟구쳐 올라서 추었던 환상적인 봉황무하고는 사뭇 달라 보였다.

호리가 제대로 기억하지 못했던 것이다. 하기야 꿈을 꾸듯 몽환적인 상태에서 딱 한 번 보고 어찌 그 긴 동작을 세세히 다 기억할 수 있었겠는가.

호리는 제대로 기억하지도 못한 것을 밤낮없이 수련한다고 전력을 기울였던 자신이 잠시 한심스러워졌다.

그런데 그날 밤과 다른 것은 동작만이 아니었다.

그때는 한 마리 봉황이 만월 속에서 유유자적 자연과 동화하여 춤을 추는 듯한 모습이었다.

그런데 지금은 봉황이 커다란 날개를 활짝 펼쳐서 태풍과 폭풍우를 일으켜 산악을 쪼개고 대해를 뒤집는 듯 거센 기세였으며, 천변만화(千變萬化) 예측할 수 없는 변화가 쏟아져 나오고 있었다.

그도 그럴 것이, 그 당시에 호선은 봉황무를 초식이 아닌 그저 춤으로서 무언가에 이끌리듯이 추었을 뿐이다.

팡!

그때 호선의 주먹이 허공의 한 점을 짧게 끊어서 치는 격타음이 선명하게 터져 나왔다.

원래는 그런 격타음이 나지 않지만, 바로 이 시점에서 팔과 다리를 뻗어 어느 방향을 어떻게 공격을 하고 방어한다는 사실을 호리에게 더 명확하게 알려주기 위해서 일부러 내는 소리. 즉, 호선의 배려였다.

팡! 팡! 팡! 팡!

격타음은 연이어 터졌다. 호선의 두 주먹과 두 발이 눈부시고도 현란하게 움직이면서 찌르고[刺], 밀고[推], 당기고[挽], 찍고[斫], 후리고[拐], 비틀고[捻], 걸어차고[絧] 있었다.

호리는 호흡마저도 멈추고 눈도 깜빡이지 않은 채 호선의 동작을 뚫어지게 주시했다.

다음 순간 호리의 눈이 커졌다.

호선의 두 발이 밟고 있는 것이 바닥이 아니라 허공이라는 사실을 발견한 것이었다.

그녀의 두 발은 마치 보이지 않는 계단을 밟아 올라가듯 차근차근 허공으로 오르다가, 어느 순간 빙글 공중제비 반 회전을 돌았다.

그런가 하면 상체가 뒤로 젖혀져서 뒷머리가 발뒤꿈치에 닿는 자세를 취하기도 했으며, 쑥 하강하는가 하면 둥실 떠오르면서 끊임없이 두 손과 두 발을 내밀었다.

파파파팡! 팡! 팡! 팡!

한 번 주먹이나 발을 내밀면서 거리를 달리하며 연이어 너덧 번 가격하기도 하고, 주먹을 뻗거나 후리면서 전혀 다른 방향을 향해 발을 휘두르기도 하는 기기묘묘한 동작들의 연속이었다.

어느덧 한 차례의 봉황무가 끝난 호선은 바닥에 사뿐히 내려서며 동작을 멈추고 나서는 아차! 하는 표정을 지었다.

자신도 모르는 사이에 도취되어 허공을 밟는 등 호리가 따라 하지 못할 여러 동작을 행했다는 사실을 깨달은 것이다.

호선은 재차 봉황무를 펼치기 시작했다. 이번에는 정신 바짝 차리고 바닥에서만 전개할 생각이었다.

그녀는 호리가 그만두라고 할 때까지 수십 번이고 수백 번이고 계속할 각오였다.

그녀가 바닥에서 봉황무를 펼친 지 다섯 호흡쯤 지났을 때 호리가 나직이 외쳤다.

"조금 전 것과 다르잖아! 허공을 밟는 것만 빼고 아까하고 똑같이 해줘!"

호선은 호리의 열성에 적잖이 감탄하고 그의 말대로 허공을 밟는 것만 빼고 조금 전과 똑같은 초식을 전개했다.

은초도 암기 던지기를 그만두고 혀를 빼문 넋 나간 표정으로 호선의 봉황무를 지켜보고 있었다.

호선은 심후하고 높은 공력의 소유자이기 때문에 공력이 실리지 않은 이런 정도의 시연은 수천 번을 한들 조금도 지치지 않는다.

그녀는 호리가 '봉황무'라고 이름을 지은 이 권각술을 단지 몸이 기억하고 있을 뿐, 머리로는 조금도 기억하지 못하고 있는 상태였다.

그런데 호리를 위해서 시연을 보이는 동안 세 차례 만에 머리로도 모두 외워 버리게 되었다.

원래 그녀가 있던 곳에서는 그녀를 '백 년에 한 명 태어날 징도의 친재' 또는 '무공을 위해서 하늘이 내린 무골(武骨)'이라는 칭송이 자자했었다.

그런 그녀가 원래 자신이 알고 있었던 무공을 몸이 시연을 하는 과정에서 머리로 다시 외우는 것은 그리 어려운 일이 아닐 것이다.

호리의 몸은 호선의 동작을 지켜보고 있었지만, 정신은 그녀와 함께 혼연일체가 되어 초식을 전개하고 있었다.

과연 호리의 생각이 옳았다. 봉황무는 단지 춤이 아니었다. 호리가 기대했던 것 이상의 굉장한 권각술이었던 것이다.

"그만!"

그런데 호선이 일곱 차례의 시범을 막 끝냈을 때 호리가 손을 뻗으며 짧게 외쳤다.

"왜?"

호선은 의아한 얼굴로 물었다. 무슨 이유에선지는 모르지만 호리가 봉황무 배우는 것을 그만 하겠다는 뜻으로 알아들은 것이다.

호리는 곰곰이 생각에 잠긴 모습으로 대답하지 않았다.

잠시 후에 그는 여전히 생각에 잠긴 얼굴을 한 상태로 천천히 실내 한복판으로 걸어갔다.

이어서 두 팔과 다리를 이리저리 움직여 보는 듯하더니 갑자기 본격적으로 동작을 시작했다.

우아한 듯하면서도 절도가 있고, 고요하면서도 때론 소용돌이 같은, 그리고 질풍처럼 휘몰아치는 동작의 연속이었다.

잠시 지켜보던 호선의 눈이 점차 커졌다. 호리의 동작은 매끄럽게 연결이 되지 않고 약간 어색한 부분이 더러 눈에 띄긴 하지만, 현재까지는 호선 자신이 보여주었던 봉황무를 구 할 가까이 재현해 내고 있었다.

호리는 그렇게 이각에 걸쳐서 봉황무를 처음부터 끝까지 막힘없이 재현하더니, 내처 다시 한 번 시작했다.

호선처럼 팡! 팡! 하는 격타음은 나지 않았지만, 허공의 보이지 않는 목표점을 향해 두 손과 다리를 내밀어 끊고, 밀고, 당기고, 공격할 때와 방어할 때를 정확하게 구분해서 동작을 이어가고 있었다.

그때 지켜보고 있던 호선이 갑자기 호리 옆으로 다가가더니 그와 보조를 맞추어 똑같은 동작을 취하기 시작했다.

그런데 호리 혼자 전개할 때에는 제법 그럴싸하게 보였던 동작이, 호선이 옆에서 완벽한 초식을 전개하자 두 동작이 극명하게 비교가 되었다.

호리의 움직임은 어딘가 어설프고 또 부정확했으나, 호선은 완벽 그 자체였다.

그러나 시간이 흐르고 회를 거듭함에 따라서 호리의 동작은 점차 호선을 닮아가고 있었다.

그즈음 은초는 암기 던지기를 제쳐 둔 채 저만치 따로 떨어진 곳에서 호리와 호선을 힐끗거리면서 어설프게나마 봉황무를 흉내 내고 있었다.

그렇게 반 시진 정도가 흘렀다.

호리는 자신의 동작이 웬만큼 호선과 비슷해졌다는 판단이 서자 자못 호기가 생겼다.

"대련(對鍊)을 해보자!"

"알았어!"

그가 호기롭게 외치자 호선은 즉시 그의 앞쪽으로 자리를 이동하여 마주 보는 자세를 취했다.

호리는 백조비무격을 십삼 년 동안 수련했기에 같은 권각술인 봉황무를 대련에 응용하는 것은 그리 어렵지 않을 것이라고 여겼다.

하지만 그는 방심하지 못하고 정신을 바짝 차렸다. 봉황무와 백조비무격은 근본부터 사뭇 다른 권각술이라는 사실을 알고 있기 때문이다.

게다가 봉황무로 하는 대련은 처음이다. 여차 하는 순간 낭패를 당할지도 모르는 일이었다.

그는 일단 공격을 시도하기로 마음먹었다. 그는 호선이 자신을 상대로 공력을 사용하지는 않을 것이라고 믿었다.

그렇다면 전력을 다할 경우에 최소한 바닥에 나동그라지는 수모는 당하지 않을 자신이 있었다.

휙! 휙! 휙!

약간 어색하긴 하지만 호리의 두 주먹이 호선의 얼굴과 가슴, 어깨를 향해 빠르게 쏘아갔다.

스스슷─

그러나 호선은 너무도 가볍게 피해 버렸다. 아니, 피하는가 싶더니 번개같이 호리를 향해 주먹을 뻗어왔다.

슈욱!

천하의 모든 권각술에는 그 초식에 어울리는 특정한 보법이 있어서 권각술과 함께 병행하여 전개하기 마련이다.

그러므로 호선이 시범을 보여주었던 봉황무에도 당연히 보법(步法)이 있었고, 호리는 그것을 충분히 숙지했다.

사사삭─

호리는 다급히 봉황무의 방어 보법을 밟으면서 상체를 슬쩍 비트는 동작으로 호선의 주먹을 어렵사리 피해냈다.

"……?"

그런데 그게 끝이 아니었다. 호선은 주먹과 왼발을 거의 동시에 쏘아냈던 것이다.

주먹은 호리의 얼굴을, 발끝은 옆구리를 겨냥했다.

더구나 그녀의 발길질은 호리가 보법을 전개하여 피할 것이라고 예측되는 방향으로 쏘아왔다.

그리고 그곳에는 어김없이 호리의 옆구리가 완전히 허점을 드러낸 채 기다리고 있었다.

호선이 생각하는 대련이란, 그저 허수아비처럼 뻣뻣하게

선 채 상대의 공격을 피하기만 하는 것이 아니다.

대련은 또 다른 실전이다. 실전을 방불케 하는 대련을 많이 쌓을수록 실력이 강해지는 것이다.

그러므로 호리가 강해지기를 진심으로 원하고 있는 호선이 대련을 대충 적당하게 할 리 만무했다.

팡!

그러나 호선은 호리의 몸을 직접 가격하지는 않았다. 그녀의 발끝이 호리의 옆구리에서 손가락 한 마디쯤 되는 곳에 딱 멈추며 경쾌한 격타음을 만들어냈다.

음향을 내기 위한 미약한 공력만이 담겨 있다고 하더라도, 그 발길질에 채였다면 호리는 꼴사납게 나동그라졌을 것이다.

그러나 그는 부끄러움을 느낄 여유조차 없었다. 아니, 부끄럽지 않았다.

호선은 호리와는 비교도 할 수 없는 일류고수가 아닌가. 그녀와 대련을 함으로써 조금이라도 더 봉황무를 내 것으로 만들겠다는 의욕만 가득할 뿐이었다.

슈슈슈슈슉!

호리는 더욱 긴장했다. 호선의 두 주먹이 소나기처럼 와르르 쏟아져 오는 것을 발견한 것이다.

호리는 눈도 깜빡이지 않은 채 호선의 공격을 쏘아보면서 거의 미친 듯이 빠르게 두 발을 움직였다.

‘일곱 개… 다 피했다!’

팡!

호선의 주먹을 모두 피했다 판단하고 막 공격하려던 호리의 코앞에서 호선의 백옥처럼 흰 주먹이 딱 멈추면서 경쾌한 격타음을 터뜨렸다.

‘치잇!’

이제 부끄러움 따윈 조금도 느껴지지 않았다. 대신 반드시 호선의 몸에 주먹이든 발이든 한 차례 가격하고 말겠다는 호승심이 불끈 치밀어 올랐다.

한바탕 공격을 몰아친 호선은 미끄러지듯이 뒤로 반 장가량 물러났다.

만약 그 상태에서 몇 차례 계속 더 공격을 가하면 호리가 무너지고 말 것이라는 생각이 들어서 그에게 잠시 쉴 수 있는 말미를 주려는 배려였다.

휘익!

그런데 호리는 바로 그 점을 역이용했다. 호선이 뒤로 물러나자 그림자처럼 그녀를 따라붙으면서 허를 찌른 것이다.

획! 획! 획! 획!

방금 전에 그녀가 했던 것처럼 그녀의 얼굴과 양 가슴, 옆구리를 향해 두 주먹을 화살처럼 쏘아내면서, 찰나의 간격을 두고 번개같이 발끝을 올려 찼다.

이를테면 발길질은 주먹이 실패했을 경우를 대비한 일종
의 변화였다.

제대로 된 봉황무를 그저 몇 차례 연습했을 뿐인데도 호리
에게서 쏟아져 나오는 공격은 매우 위력적이었다.

상대가 호선이 아니라 다른 사람이었다면 필경 크게 당황
했을 것이 분명했다.

그러나 호선은 놀라지 않았다. 그저 뜻밖이라는 표정을 가
볍게 지으면서 상체를 이리저리 흔들어 호리의 네 번의 공격
을 너무도 간단하게 모두 피해 버렸다.

"……!"

그러나 다음 순간 호리의 발끝이 쏘아오는 것을 발견하고
그녀는 가볍게 표정이 변했다.

사실 그것까지는 예상하지 못했었다. 과연 호리는 호선의
허를 찌르는 데 성공했다.

그런데 너무 노골적으로 허를 찌르는 것이었다.

바람처럼 올려 차고 있는 호리의 발끝이 노리는 부위는 다
름 아닌 호선의 하체 한복판, 음부였던 것이다.

전혀 예상하지 못했던 만큼 호리의 발길질 공격은 호선으
로서 피하기가 쉽지 않았다.

호리는 방금 전에도 주먹으로 호선의 양쪽 젖가슴을 공격
했었다.

사실 무림에서 남자가 여자의 가슴이나 하체를 공격하는 행위는 파렴치한 짓으로 금기시되어 있다.

그런데 무림의 법칙을 모르는 호리는 젖가슴에 이어서 여자의 음부까지 공격하고 있는 것이다.

아무리 무림의 법칙을 모른다고 해도 호선의 음부까지 공격하는 것은 지나친 행동이었다.

만약 평소의 호리였다면 가당치도 않은 일이었다. 하지만 그는 지금 어떻게 해서든 호선을 한 대 가격하겠다는 호승심에 휩싸여 제정신이 아닌 상태였다.

아무리 공력이 없는 호리지만, 전력을 다해서 내뻗는 발끝에 음부를 채이면 결코 무사할 수 없을 터.

팡!

호리의 발끝이 호선의 사타구니를 걷어차기 직전, 그녀의 주먹이 호리의 가슴 한복판을 가볍고 짧게 가격했다.

"흑!"

순간 호리는 거대한 철퇴로 가슴을 두들겨 맞은 듯한 극심한 충격과 가슴이 박살나는 고통을 동시에 받으며 두 발이 바닥에서 떨어지면서 상제가 뒤로 한껏 젖혀진 자세로 허공으로 붕 날아갔다.

"아!"

순간 호선은 아차 싶은 마음에 나직한 탄성을 터뜨렸다.

제 딴에는 호리의 발끝이 자신의 음부에 닿지 않을 정도로만 주먹으로 살짝 그의 가슴을 밀어내는 정도였는데, 그것이 여태껏 꽝! 꽝! 소리를 내던 습관이 배어 최소한의 공력이 담긴 주먹질을 가하고 만 것이었다.

소리를 내자면 허공을 끊어 쳐야 하고, 약간의 공력을 담을 수밖에 없었다.

스웃—

순간 호선의 모습이 그 자리에서 유령처럼 사라지더니 바닥으로 추락하는 호리를 두 팔로 가볍게 받아 들었다.

"호리!"

호선이 그의 얼굴을 보며 걱정스럽게 외쳤다.

그러나 호리는 눈을 꼭 감고 입가에서 가느다란 피를 흘리면서 혼절해 있었다.

"아아… 어쩌면 좋아?"

호선은 하늘이 무너지는 듯한 충격과 슬픔에 휩싸여서 어쩔 줄을 몰라 발을 동동 굴렀다.

그녀는 호리를 조심스럽게 바닥에 눕혀놓고는 그 옆에 무릎을 꿇고 앉아 울먹였다.

"내 잘못이야… 그냥 걷어 채이면 될 것을… 그까짓 게 뭐라고 호리를 때리다니……."

"호리야!"

사색이 된 은초가 호리를 부둥켜안으며 부르짖었다.

호리는 그가 흔드는 대로 이리저리 흐느적거릴 뿐이었다.

"너! 호리를 죽이려는 거야?"

은초는 호선에게 잡아먹을 듯이 고함을 질러댔다. 평소 같았으면, 어림도 없는 행동이었으나, 호리 때문에 제정신이 아닌 그는 더욱 악을 써댔다.

"만약 호리가 잘못되면 절대로 널 가만두지 않겠다! 내 손으로 죽여 버리겠어!"

원래 은초는 호리를 많이 좋아하긴 하지만, 그를 따르는 이유가 자신의 이득 때문인 경우가 더 강했다.

그랬었는데, 어제 호리가 목숨을 걸고 은초 자신을 구한 것 때문에 큰 충격과 감동을 받았다.

항주성에서 함께 활동하는 동안 호리는 여러 차례 철웅과 은초를 위기에서 구해준 적이 있었다.

하지만 어제의 일은 경우가 달랐다. 은초는 자신이 필경 죽을 것이라고만 여겼었다.

관제묘에서 구사문 졸개들의 극심한 고문에도 호리의 행방을 실토하지 않은 이유는, 실토를 해두 살아남지 못하리라는 사실을 예감하고 있었기 때문이지, 호리를 보호하려는 충심은 아니었던 것이다.

어제, 호리의 정성스런 치료를 받은 후 자기 방 침상에 누워 있던 은초는 소리없이 눈물을 흘리면서 한 가지 결심을 하기에 이르렀다.

죽을 때까지 무조건 호리를 따르기로.

그런데 그렇게 결심한 지 채 하루도 지나지 않아서 이런 어이없는 불상사가 벌어지고 만 것이다.

전음통을 통해 수련실에서 들려온 고함 소리를 들은 철웅이 급히 호리궁을 강기슭에 대충 정박시켜 놓고 부리나케 수련실로 달려 내려왔다.

우당탕!

문을 부술 듯이 달려 들어온 철웅은 쓰러져 있는 호리를 발견하고는 수련실이 떠나가라 울부짖으며 달려들었다.

"으허엉~! 호리야!"

일각이 흘렀지만 호리는 여전히 혼절에서 깨어나지 못하고 있었다.

호선과 철웅, 은초는 절망에 빠져 호리 주변에 넋을 놓고 앉아 있을 뿐 속수무책이었다.

"책임져, 이년아! 어서 호리를 살려내란 말이다!"

생각날 때마다 은초가 울부짖으면서 호선에게 악을 썼다.

그러나 호선은 반쯤 넋이 나간 모습으로 호리 머리맡에 앉아 중얼거렸다.

"내 목숨을 바쳐서라도 호리를 살릴 수 있다면 그렇게 하겠어. 하지만… 어떻게 해야 할지 방법을 모르겠어.”

기억을 잃기 전의 그녀 같으면 이런 상황쯤은 아무런 문제
도 되지 않을 터이다.

은초는 두 눈에 핏발이 곤두서 소리 질렀다.

“무림고수라는 년이 아무것도 못한다는 것이 말이…….”

그러다가 어느 순간 은초는 퍼뜩 무언가 깨달은 듯 다급히
호선에게 외쳤다.

“빠, 빨리 호리에게 진기를 주입시켜 봐!”

“진기를?”

은초는 예전에 누군가에게 들은 적이 있는 무림의 일을 용
케도 기억을 해낸 것이다.

무림인들은 다치거나 내상을 입은 사람에게 진기를 주입
시킨다는 사실이었다.

그는 서둘러 호리를 일으켜 앉힌 후 호선에게 턱짓으로 그
의 뒤에 앉으라는 시늉을 했다.

“거기 앉아서 호리 등에 두 손바닥을 밀착시키고 진기를
주입시켜 봐! 어서!”

호선은 고개를 갸웃거렸다. 무엇인가 생각이 날 듯 말 듯하
다는 표정이었다.

그러나 명확하게 떠오르는 것은 없었다. 그녀는 즉시 호리
뒤에 앉아 쌍장을 그의 등에 밀착시켰다.

　되도록 쌍장을 등 한복판에 밀착시킨다는 것이 요행히도 호리의 명문혈(命門穴)에 밀착시켰다.

　은초와 철웅은 일어나서 호리의 상체가 숙여지지 않도록 그의 양쪽 어깨를 붙잡았다.

　호선은 지그시 눈을 감은 채 진기를 일으키기 시작했다. 그러다보니 자신도 모르는 사이에 운공조식을 하게 되었다.

　누군가에게 정심한 진기를 주입하려면 일단 나 자신이 운공을 하여 진기를 일으키는 것이 상식이다.

　그 상식적인 현상이 호리에게 진기를 주입시키려는 호선에게 자연스럽게 일어난 것이었다.

　호리를 살릴 수만 있다면, 그를 위해서라면 자신의 모든 공력을 죄다 쏟아 넣어도 아깝지 않은 그녀였다.

　사실 조금 전 호선의 주먹 일격은 비록 공력이 미미하게 주입된 것이기는 하지만 능히 석벽을 뚫을 정도의 위력이 실려 있었던 것이다.

　그러나 호리는 평소에 자신의 체력을 워낙 강건하게 키워 났기 때문에 그 정도로는 크게 잘못되지 않는다.

　단지 충격을 받고 잠시 혼절했을 뿐인데, 아무것도 모르는 세 사람은 마치 그가 죽어버리기라도 하는 듯 야단법석을 떨고 있는 것이었다.

　스우우…….

호선은 자신의 단전에서 비롯된 진기가 체내에서 구 주천(周天)한 후 두 팔과 쌍장을 통해서 호리의 명문혈로 주입되는 것을 생생하게 느꼈다.

처음 해보는 것인데도 매우 익숙한 느낌이었다. 그리고 진기가 체내를 주천하는 느낌이 몹시 좋았다.

몸속에 쌓여 있던 탁한 기운이 걸러지면서 심신이 더할 수 없이 상쾌해지고 있었다.

지난날 수만 번도 더 행했었던 이른바 운공조식이었다.

그녀는 자신의 체내에서 일단 주천시킨 진기를 도도한 강물처럼 호리의 체내로 주입시키기 시작했다.

아무것도 모르는 호선더러 호리에게 진기를 주입시키라고 가르친 사람은 은초였지만, 이제부터는 누구의 가르침도 필요하지 않았다.

잠들어 있던 그녀의 타력(惰力:타성의 힘)이 마침내 깨어나 모든 것을 주관하고 있었다.

호선은 비단 호리의 체내로 진기를 주입시키고 있을 뿐만 아니라, 진기가 그의 체내를 주천하면서 모든 혈도와 경락을 두드려 일깨우도록 했다.

그렇게 하면 공력이 없는 호리의 몸이 가일층 강건해지고 뼈와 오장육부가 다른 사람에 비해 몇 배 튼튼해질 것이다.

일각 정도 흘렀을 때, 바야흐로 호선이 인도하는 도도한 진기는 호리의 하단전 기해혈(氣海穴)을 향해 쇄도해 갔다.

꾸웅!

그런데 아래에서 위로 힘차게 숫구쳐 오르던 진기가 마치 철벽에 가로막힌 듯 더 이상 오르지 못하고 급작스럽게 멈추는 것이 아닌가?

그 바람에 호리의 몸이 세차게 흔들렸고, 그를 잡고 있던 철웅과 은초는 깜짝 놀라서 하마터면 놓칠 뻔했다.

호선은 눈을 뜨지 않았으며 표정의 변화도 없었다. 그녀의 일깨워진 잠재적 본능은 이 정도에서 진기 주입을 중단하려 들지 않았다.

호선은 진기를 단전 아래 회음혈 쪽으로 죽 후퇴시켰다가 다시 세차게 부딪쳐 갔다.

쿠쿵!

그러나 역시 진기는 그곳을 통과하지 못하고 방금 전보다 더 거센 충격을 일으켰다.

호리를 놓칠까 봐 힘껏 붙잡고 있던 철웅과 은초는 영문을 몰라 크게 놀라 호선을 쳐다보았다.

그렇지만 호선이 너무도 진지한 모습이라 감히 어쩌지를 못하고 지켜보는 수밖에 없었다.

철벽처럼 꽉 막힌 곳은 단전, 즉 기해혈 바로 아래 혈도인 석문혈(石門穴)이었다.

호선은 진기를 잠시 뒤를 물려 대기시킨 상태에서 빠르게 생각을 정리했다.

'석문혈이 막혀 있다면 아무리 운공을 해서 공력을 쌓아도 그 공력이 단전 밖으로 나갈 수가 없다. 이제 보니 호리가 꾸준히 운공을 하는 데도 불구하고 공력이 없었던 이유가 바로 이것 때문이었군.'

불가사의한 일이지만, 호선이 지금 이런 생각을 할 수 있는 것은 일시적으로 잠재적인 본능과 타력, 지식을 되찾았기 때문이었다.

그 상태에서, 호선은 호리가 십삼 년 동안 안고 있었던 고질적인 문제점을 한순간에 간파해 냈다.

인체의 경락(經絡)은 십이경맥(十二經脈)과 기경팔맥(奇經八脈), 십오락맥(十五絡脈), 십이경별(十二經別), 삼백육십오락(三百六十五絡)과 헤아릴 수 없을 정도로 많은 손락(孫絡)으로 이루어져 있다.

그중에서 기경팔맥은 독맥(督脈), 임맥(任脈), 충맥(衝脈), 대맥(帶脈), 음교맥(陰蹻脈), 양교맥(陽蹻脈), 음유맥(陰維脈), 양유맥(陽維脈)으로 이루어졌다.

기경팔맥은 사람의 혈도 중에서 가장 중요한 혈맥이다.

그중에서도 항문과 음낭 사이에 위치한 회음혈(會陰穴)에서 시작하여, 아랫배의 단전 기해혈을 지나고 입술 아래 턱

부분의 승장혈(承漿穴)까지 이십사 혈(二十四穴)로 이루어진 임맥(任脈).

그리고 꼬리뼈 부위 장강혈(長强穴)에서 시작되어 등 한복판 명문혈과 정수리의 백회혈(百會穴)을 지나 윗잇몸의 은교혈(齦交穴)까지 이르는 도합 이십팔 혈(二十八穴)을 독맥(督脈)이라고 한다.

이 둘을 임독양맥이라고 하는데, 인체의 수많은 혈도와 경락 중에서도 가장 중요한 경맥으로서 건물을 지탱하고 있는 기둥에 비유할 수 있을 것이다.

그런데 호리는 선천적으로 임맥의 다섯 번째 혈도인 석문혈이 막혀 있었기 때문에 기(氣)가 기해혈, 즉 단전으로 들어갈 수도 없고, 단전에 생성되어 있는 공력이 밖으로 나올 수도 없는 상황이었던 것이다.

석문혈은 단전 바로 아래의 혈도다. 석문혈을 통하지 않고는 어떤 기운도 단전으로 들어가거나 나올 수가 없는 법이다.

임맥의 시작인 사타구니 회음혈과 독맥의 시작인 꼬리뼈 장강혈은 서로 통해 있지만, 임맥의 끝과 독맥의 끝은 연결되어 있지 않다.

임맥은 원래 이십사 혈이지만 맨 끝 혈도인 승장혈과 염천혈(廉泉穴)이 봉쇄되어 있어서 실제로 사용되는 혈도는 이십이 혈이며, 독맥은 이십팔 혈이지만 역시 맨 끝인 윗잇몸의 은교혈에서 정수리의 백회혈까지의 아홉 개 혈도가 막혀 있어서 실제로는 십구 혈만을 사용한다.

인간은 누구나 태어나서 이삼 년 안에 임맥의 승장혈과 염천혈, 독맥의 백회혈에서 은교혈까지 아홉 혈도. 도합 열한 개 혈도가 완전히 막혀 버리는 것이다.

그래서 인간은 누구나 임맥과 독맥의 시작점인 회음혈과 장강혈에서만 교통할 뿐, 끝부분은 서로 소통되지 않은 상태로 살다가 생을 마감하게 되는 것이다.

이렇게 막혀 있는 열한 개의 혈도를 십일색혈(十一塞穴)이라고 하는데, 이것을 인위적인 힘으로 타동시키는 것을 '임독양맥의 소통' 혹은 '생사현관(生死玄關)의 타동'이라고 한다.

만약 천우신조로 임독양맥이 소통된다면 실로 무궁무진한 힘을 발휘하게 된다.

인체의 가장 중요한 두 경맥이 서로 통하지 못하고 꽉 막혀 있다가 한순간 원활하게 소통하게 되니, 우선 공력이 급증하는 것은 말할 것도 없거니와 웬만한 일로는 공력이 쉽사리 소진되지도 않을뿐더러, 소진된다고 해도 예전에 비하여 서너 배는 더 빨리 회복된다.

그 외에도 임독양맥의 소통이 가져다주는 효과는 일일이 열거할 수 없을 만큼 수두룩하다.

어쨌든 지금의 호리는 임독양맥의 끝부분 열한 개 혈도가 막혀 있는 것 외에도, 단전의 바로 아래 석문혈까지 막혀 있는 최악의 상황이었다.

그때 호선의 생각이 끝났다. 그녀는 결론을 내리고 실행에 옮길 준비를 시작했다.

그녀는 호리의 명문혈에서 쌍장을 떼고 약 일각에 걸쳐서 운공조식을 하며 진기를 온몸에 십이 주천시켰다.

일각 후, 그녀의 체내에 있던 전 공력이 십이 주천을 마치고 대기 상태에 돌입했다.

그녀의 공력 수준은 삼 갑자 이십 년, 즉 이백 년이다.

전 무림을 통틀어 이백 년 공력의 소유자는 아마도 열 손가락 안에 꼽힐 정도로 드물 터이다.

호선은 이제부터 실행할 수법을 위해서 자신의 이백 년 공력을 모조리 끌어올린 것이다.

철웅과 은초는 무언가 심상치 않음을 느끼고 바짝 긴장하여 호선을 주시하고 있었다.

그때 두 사람의 얼굴에 커다란 놀라움이 가득 떠올랐다.

파아아—

호선의 온몸에서 갑자기 선홍색의 찬란한 빛이 뿜어져 나오는 것을 발견한 것이다.

"우웃!"

"왓!"

두 사람은 너무도 눈부신 광채에 눈이 멀어버릴 것 같아 급히 고개를 돌렸다.

그러나 궁금증을 참지 못하고 다시 조심스럽게 호선을 쳐다보았다.

"……!"

그 순간 두 사람은 극도로 경악하여 눈을 휘둥그렇게 뜨고 말았다.

가부좌로 앉아 있는 호선의 모습이 온데간데없이 사라진 대신, 언제 나타났는지 그 자리에 한 마리 붉은 봉황이 고개를 꼿꼿이 세우고, 커다란 날개를 활짝 펼친 채 서 있는 것이 아닌가.

그게 아니었다. 호선은 여전히 그 자리에 앉아 있었다. 다만 그녀의 몸에서 뿜어진 눈부신 홍광이 한 마리 커다란 봉황, 즉 홍봉(紅鳳)의 형상을 이룬 것이었다.

그것은 아마도 그녀가 연성한 신공의 영향인 듯했다.

그때 호선이 쌍장을 다시 호리의 명문혈에 밀착시키면서 질근 입술을 깨물었다.

'두 번, 세 번 거듭할 수 없어! 단 한 번에 성공시켜야만 해!'

콰콰아아—

다음 순간 봉황이 순식간에 이지러지면서 호선의 몸속으로 빨려드는가 싶더니, 그녀의 쌍장을 통해서 시뻘건 홍광이 호리의 명문혈로 노도처럼 쏟아져 들어갔다.

스파아아—

그러자 호리의 몸이 붉게 빛나기 시작했다. 그의 몸에서 뿜어진 찬란한 홍광 때문에 철웅과 은초는 급히 눈을 감아야만 했다.

그때 갑자기 호리의 몸이 격렬하게 진동하기 시작했다.

"왓!"

철웅과 은초는 화들짝 놀라 급히 호리를 힘껏 붙잡았다.

호선의 왼손에서 주입된 진기는 호리의 임맥 시작점인 회음혈로, 오른손에서 주입된 진기는 독맥의 시작점인 장강혈로 노도처럼 밀려들었다.

그녀는 막혀 있는 석문혈과 임독양맥의 열한 개의 혈도, 즉 십일색혈을 동시에 뚫으려는 계획이었다.

조금 전에 두 차례나 석문혈에 진기를 충돌시켜 봤지만 실패하고 말았다.

단전을 개방시키자면 막힌 석문혈을 뚫을 수밖에 없다.

단전 위쪽은 기해혈부터 독맥의 끝인 은교혈까지 막혀 있는 상태였다.

보통 사람들은 임맥 끝의 두 혈도 염천혈과 승장혈, 그리고 독맥인 백회혈에서 그 끝인 은교혈까지 아홉 혈. 도합 열한 개만 막혀 있는데, 호리는 석문혈이 막혀 있는 바람에 석문을 포함하여 목과 가슴의 경계 부위인 천돌혈까지 무려 십팔 개 혈도가 더 막혀 있는 상태였다.

아니, 그 십팔 개 혈도는 석문혈 때문에 한 번도 사용된 적이 없으니, 막혔다기보다는 폐쇄됐다고 해야 옳았다.

쿠쿠쿠우우—

호리의 몸이 더욱 심하게 진동했고, 그의 몸에서 더욱 찬란한 홍광이 뿜어졌으며, 몸속 혈맥을 노도처럼 질주하는 진기의 음향이 밖에서도 웅웅 들릴 정도였다.

호선이 입술을 더욱 힘껏 깨물었다. 이백 년 공력의 그녀로서도 임독양맥에 석문혈까지 동시에 소통시키는 일은 전력을 쏟아도 성공할 가능성이 채 이 할에도 못 미칠 정도로 힘겨운 일이었다.

호리의 명문혈에 밀착시킨 그녀의 두 팔이 격렬하게 떨렸다.

그리고 한순간 호리의 몸속, 아니, 더 정확하게 설명하자면 아랫배와 정수리에서 커다란 북을 힘치게 두드린 듯한 묵직한 음향이 터져 나왔다.

퍽! 퍽!

그 뒤를 이어 나무판자에 큼직한 우박이 떨어지는 듯한 소리가 연이어 터졌다.

펙! 펙! 펙! 펙! 펙!

휘익!

그러더니 호리의 몸이 실 끊어진 연처럼 허공을 향해 비스
듬히 쏘아져 나갔다.

“우왓!”

“앗!”

철웅과 은초는 힘껏 잡고 있었는 데에도 불구하고 호리를
놓치자 크게 놀라 비명을 터뜨렸다.

第二十二章
고수 탄생(高手誕生)

퍼억! 쿵!

호리는 맞은편을 향해 쏜살같이 날아갔다가 벽에 호되게 부딪친 후 바닥에 내동댕이쳐졌다.

"호리야!"

철웅과 은초가 비명을 지르면서 바닥에 쓰러져 있는 호리에게 달려갔다.

두 사람이 도착하기도 전에 호리가 고개를 흔들면서 부스스 일어섰다.

"호리야! 괜찮니?"

"어디 다치지 않았냐?"

두 사람이 난리 법석을 떠는 것에 비해 호리는 오히려 태연했다. 그는 두리번거리면서 의아한 표정을 지었다.

"무슨 일이 있었어?"

"너, 죽다가 살아난 거야!"

호리가 멀쩡한 모습으로 깨어나자 너무 기쁜 나머지 은초가 좀 과장해서 허풍을 쳤다.

호리는 저만치 실내 복판에 가부좌의 자세로 앉아 운공조식을 하고 있는 호선을 발견했다.

'운공을?'

그는 호선이 운공조식을 하는 모습을 처음 보았다.

"그녀가 널 구해줬어."

철웅이 호선을 보면서 고마움이 가득한 표정으로 설명했다.

그러자 은초가 입을 삐죽거렸다.

"널 다치게 한 게 잰데 구해주는 것은 당연하지!"

그제야 호리는 호선과 대련 중에 그녀의 주먹에 가슴을 가볍게 맞았던 것을 기억해 냈다. 그러나 그다음은 하나도 생각나지 않았다.

"……!"

호리는 막 호선에게 걸어가려다가 걸음을 뚝 멈추었다. 단전에서 뭔가 꿈틀! 하는 것을 느꼈기 때문이다.

  '이것은 뭐지?'

  난생처음 느껴보는 이상한 기운이었다. 단전에 뜨거운 불덩어리, 아니, 작은 태양 하나가 들어앉은 것처럼 후끈거렸으며, 그것이 폭발하기 직전처럼 넘실거렸다.

  이대로 잠시 동안만 가만히 내버려 뒀다가는 정말 몸이 산산이 폭발해 버릴 것만 같은 위기감을 느꼈다.

  '설마……'

  한 번도 느껴본 적이 없는 기운이지만, 어쩌면 이것이 공력일지도 모른다는 생각이 들었다.

  그래서 그는 즉시 그 자리에 가부좌를 틀고 앉아서 운공조식에 들어갔다.

  이런 상황에서는 어떻게 대처해야 하는지 알지 못했다. 그저 지난 십삼 년 동안 수만 번도 더 해왔던 소정심법의 구결대로 차근차근 운공을 할 뿐이었다.

  '우웃!'

  순간 단전의 작은 태양이 서서히 녹으면서 도도히 흐르는 용암처럼 경락을 따라 움직이기 시작했다.

  실로 어마어마한 기운이었다. 마치 강물, 아니, 거세게 파도치는 대해(大海)가 경락 속을 유유히 흐르는 것 같았다.

  그렇지만 호리가 운공으로써 완벽하게 통제할 수 있는 기운이었다.

'오오! 맙소사! 공력이다……!'

설마 하던 그의 짐작이 들어맞았다. 한 번도 느껴본 적이 없는 기운이지만, 본능적으로 이것이 공력일 것이라는 확신이 섰다.

운공 중이었지만 호리는 기뻐서 덩실덩실 춤이라도 추고 싶은 심정이었다.

지난 십삼 년 동안 단 한 움큼이라도 그토록 갖고 싶어했던 공력이 아닌가. 그것이 마침내 현실로 이루어진 것이다.

'현실?'

순간 그는 멍한 기분이 들었다. 혹시 이것이 꿈을 꾸는 것이 아닐까 하는 의심이 덜컥 들었기 때문이다.

십삼 년 동안이나 생성되지 않았던 공력이 어째서 혼절했다가 깨어나니까 느닷없이 생겨났다는 말인가?

그럴 리가 없었다. 사건이라고는 호선에게 가슴을 얻어맞아 혼절했던 것이 전부였다.

그런데 설마 가슴 한 대 맞았다고 없던 공력이 생기지는 않았을 것이다.

그래, 지금 나는 호선에게 가슴을 얻어맞아 혼절해 있는 상태일 것이다. 그 상태에서 정신만 먼저 깨어난 것일 게다.

조금 전에 봤던 철웅과 은초, 그리고 운공을 하고 있는 호선의 모습도 꿈속에서 본 것일 게다.

호선이 운공을 하는 모습을 처음 봤다 했더니, 역시 꿈속이라서 가능한 얘기였군.

꿈에서, 혼절에서 깨어나면 방금 느꼈던 가슴 벅찬 희열도, 혈맥을 대해처럼 가득 메운 채 흐르던 공력도 아지랑이처럼 스러져 버리고 말 터이다.

그런 줄도 모르고 아무리 꿈속이라지만 공력이 생겼다고 좋아서 그 자리에 털썩 주저앉아 운공을 하다니…….

꿈치고는 지나치게 사치스러웠다. 평생의 숙원이던 공력을 갖는 꿈이라니, 그렇지만 그 꿈이 현실처럼 너무 생생했다.

그런데 희한하게, 꿈인데도 운공조식을 멈추려니까 도도하게 흐르던 공력이 그 자리에 정지하면서 다시 빠르게 팽창하기 시작하는 것이 아닌가.

그대로 내버려 둔다면 팽창하는 공력 때문에 몸이 폭발해 버릴 것만 같았다.

꿈이 참 요상스럽기도 했다.

이윽고 이것이 거의 꿈이라고 믿게 된 호리는 서둘러 꿈속에서의 운공을 끝내고 눈을 떴다.

"어때? 괜찮아?"

"엇?"

그 순간 호선의 하얀 얼굴이 바로 코앞에서 보이는 바람에 호리는 움찔 놀랐다.

그는 멀뚱한 표정으로 호선을 바라보다가 손을 뻗어 그녀의 뺨을 쓰다듬어 보았다.

부드럽고 따스한 감촉이 손 안 가득 느껴졌다.

'꿈이 아닌가?'

꿈이라면 이렇게 생생하게 호선의 감촉이 느껴지고, 또 그녀의 모습과 표정이 이처럼 또렷하게 보일 리가 없다는 생각이 문득 들었다.

"놀랐지?"

그때 호선이 생긋 미소 지으면서 물었다.

그래도 호리는 멀뚱하게 그녀를 바라보고만 있을 뿐 입이 떨어지지 않았다.

이번에는 호선이 손을 뻗어 호리의 뺨을 부드럽게 감쌌다. 호리가 그녀의 뺨을 쓰다듬었을 때보다 더 부드럽고 따스한 감촉이 피부 깊숙이 전해졌다.

"호리. 혼절한 너에게 진기를 주입시켜 주다가 너의 기해혈 바로 아래 석문혈이 봉쇄되어 있었다는 사실을 알게 됐어. 아마도 선천적이었던 것 같아."

"……."

호리는 자신을 감싸고 있는 꿈의 껍질이 서서히 깨지는 것을 느꼈다.

"그것을 내가 소통시켰어. 임독양맥도."

호선이 방그레 미소 지었다. 자랑스러워하는 기색 같은 것은 없었다. 그저 호리가 모르고 있었던 사실을 담담하게 설명해 주고 있을 뿐이었다.

"석문혈이 선천적으로 막혀 있었다고……?"

호리는 눈을 크게 뜨면서 낮게 중얼거렸다. 그게 사실이라면 너무도 충격적인 일이었다.

꿈일지도 모른다고 여기면서도 한순간 그의 머릿속이 환하게 밝아졌다.

원래 선천적으로 석문혈이 막혀 있었다면, 지난 십삼 년 동안 공력이 생성되지 않았던 이유가 충분히 설명이 된다.

척!

호리는 두 손으로 호선의 양 어깨를 잡고 흔들면서 다그치듯 물었다.

"석문혈이 막혀 있었다는 말이지? 응?"

"그래. 아주 꽉!"

호선은 생글생글 미소 지으면서 묻는 대로 대답했다.

그러나 호리는 기뻐하지 않았다. 우스운 일이지만, 그는 아직도 꿈인지 생신지 긴가민가하고 있는 중이었다.

"날 한 대 때려봐."

잠시 침묵을 지키던 호리가 자신의 뺨을 가리키면서 호선에게 주문했다.

톡.

호선이 손으로 쓰다듬듯이 호리의 뺨을 건드렸다.

"세게 때려."

"세게?"

"그래."

순간 호선의 백옥처럼 희고 고운 손바닥이 허공을 갈랐다.

짜악!

"아욱!"

호리는 뺨이 온통 찢어질 것 같은 극심한 통증을 느끼면서 몸이 허공으로 붕 날아갔다.

'꾸… 꿈이 아니다!'

우당탕!

호리는 조금 전에 이어서 다시 한 번 벽에 부딪쳤다가 바닥에 볼썽사납게 나뒹굴었다.

그렇지만 희한하게 조금도 아프지 않았다. 아프지 않을 뿐만 아니라 힘이 부쩍부쩍 솟았다.

"미안해. 힘 조절이 잘 안 됐어."

호리가 꿈이 아니라는 사실을 깨닫고 쓰러진 채 기뻐하고 있을 때, 호선이 급히 달려와서 몹시 미안한 얼굴로 급히 부축해서 일으켰다.

"그래도 많이 아프진 않지?"

호선이 호리의 뺨을 부드럽게 쓰다듬으면서 의미있는 미소를 지었다.

호리는 겉보기에도 발갛게 부어오른 뺨을 만지면서 고개를 끄덕였다.

"응."

"공력이 몸을 보호해 주고 있기 때문이야."

호리는 처음에는 그 말이 무슨 뜻인지 모르다가 잠시 지나서야 놀라는 표정을 지었다.

"그 말은… 설마 나, 나한테 공력이 있다는 뜻이야?"

"응. 원래부터 단전에 공력이 있었어. 일 갑자, 즉 육십 년 정도 수준이야."

"……."

호리는 눈을 커다랗게 뜬 채 얼굴 가득 경악지색을 떠올리며 아무 말도 하지 못했다.

호선에게 호되게 뺨까지 얻어맞으면서 확인했으니 정녕 꿈은 아니었다.

어쩌면 호선이 놀리느라 거짓말을 했을 수도 있다.

그러나 호선은 생글생글 미소를 짓고 있을 뿐 조금도 거짓말을 한 기색이 아니었다.

더구나 호리가 알고 있는 호선은 여태껏 한 번도 거짓말을
한 적이 없었다.

"자그마치 육십 년 공력이라니……."

호리는 한참이 지나서야 신음처럼 중얼거렸다. 얼굴에는
여전히 반신반의하는 표정이 역력했다.

호선은 섣불리 설명하려 들지 않고 호리가 생각을 정리하
도록 잠자코 기다렸다.

지켜보고 있는 철웅과 은초는 거의 혼절을 할 정도로 대경
실색하고 있었다.

두 사람은 호리의 권각술이 수준급이지만 공력이 없어서
위력을 발휘하지 못한다는 사실을 잘 알고 있었다.

그런 호리가 한순간에 자신들의 목전에서 무림고수로 대
변신을 해버린 것이었다.

호리는 조금 전에 단전에 작은 태양이 들어 있는 듯한 느낌
이나, 운공조식을 했을 때 노도처럼 경락을 흐르던 기운을 생
생하게 기억하고 있었다.

그는 고개를 갸웃거렸다.

"단전에 공력이 생성되어 있었다면 어째서 내가 그 사실을
전혀 모르고 있었을까? 더구나 석문혈이 막혀 있었다면, 운공
을 할 수도 없었을 것 아닌가? 그러니 공력을 만들지도 못했
을 텐데 말이야."

그것이 호리의 의문이었다. 이것만 풀리면 지금의 이 엄청난 사실을 조심스럽게나마 믿을 수 있을 것 같았다.

호선은 당연하다는 듯한 표정을 지었다.

"사람의 몸에는 누구에게나 기(氣)라는 것이 있어. 무공을 배운 적이 없는 사람의 것을 분기(氛氣). 운공소식을 하게 되면 발생하는 운기(雲氣). 그리고 오랜 세월 운공조식을 하면서 운기가 단전에 차곡차곡 축적되면서 만들어지는 진기(眞氣). 즉, 내공이지. 이렇게 세 종류가 있어."

호리로서도 처음 듣는 이론이었다.

철웅과 은초는 매일 술타령만 하던 호선이 갑자기 해박한 지식을 쏟아내자 놀란 얼굴로 쳐다보았다.

아무것도 모르고 있을 때와는 달리, 호선은 일단 어떤 지식적인 부분에 대해서 기억이 되살아나면 그것을 자기 것으로 만드는 것에 성공하고 있었다.

"결론적으로 말하자면, 분기와 운기는 막혀 있는 혈도를 자유롭게 통과하지만 진기는 통과하지 못해."

"그러니까 네 말은, 내가 지난 십삼 년 동안 헛고생을 한 것은 아니라는 뜻이로군."

"헛고생이 다 뭐야? 보통 사람들이 십삼 년 동안 운공을 하면 아무리 애를 써봐야 대략 삼사십 년 정도의 공력을 만들어내는데, 호리는 얼마나 지독하게 운공조식을 했으면 그 두 배에 달하는 육십 년 공력을 축적했겠어?"

호리가 지독하게 운공조식을 한 것은 사실이다. 오죽했으면 연지와 사부가 호리더러 운공벌레라는 뜻의 운두(運蠹)라는 별명을 붙여주었겠는가.

호선의 설명이 사실이라면, 호리는 십삼 년 동안 부지런히 운공을 하여 진기를 축적해 놓기만 해놓고 석문혈이 막혔기 때문에 한 번도 사용하지 못했다는 뜻이다.

호리는 결국 자신에게 닥친 이 일이 더 이상 꿈이 아닌 현실이라고 받아들였다.

그런데도 자신이 졸지에 육십 년 공력의 소유자가 됐다는 사실이 쉽게 믿어지지 않았다.

"휴우…… 내가 육십 년 공력을 소유하고 있었다니, 정말 굉장하군."

그때 호선이 가만히 호리의 손목을 잡고 촌관척(寸關尺:맥문)을 짚어보고 나서 손을 놓아주며 조용히 말했다.

"틀렸어. 현재 호리의 공력은 육십 년의 곱절, 즉 이 갑자 백이십 년 수준이야."

"……."

그렇지 않아도 아직 정신을 차리지 못하고 있는 호리는 호선의 말에 눈만 껌뻑거리며 아무 말도 하지 못했다.

호선은 얼굴을 내밀어 호리의 뺨에 살짝 입을 맞추더니 그의 귀에 대고 자늑자늑 속삭였다.

"내가 호리의 석문혈을 소통시키는 김에 아예 임독양맥까
지 뚫어버렸거든."

호리의 머릿속이 새하얗게 탈색되었다.

                    *   *   *

거대한 무황성 전체로 볼 때 낭원(閬苑)이 차지하는 면적은
십분의 일 정도에 불과했다.

낭원은 무황성의 서편 끝에 위치해 있으며, 열일곱 채의 전
각과 누각 등을 보유하고 있고, 사람 가슴 높이의 벽돌담이
둘러쳐져 있는데, 담의 길이가 오 리에 달할 정도로 방대한
규모였다.

낭원의 주인은 무황성 이소성주인 혁련무성(赫連武星)이었
다.

열일곱 채의 전각과 누각 중에서 가장 아름다운 오층의 누
각 사일루(斜日樓)는 오직 한 사람이 사용하고 있었다.

조연지, 바로 그녀였다.

연지는 벌써 반 시진이 넘도록 창가에 서서 하염없이 창밖
을 바라보고 있는 중이었다.

그녀의 거처는 사일루 전체지만 침실과 거실, 그리고 창 바깥에 노대까지 갖추어져 있는 이곳 오층을 거처로 삼고 아래 네 개 층에는 일절 발걸음을 하지 않았다.

사방에 창살이 쳐져 있지 않다 뿐이지, 이곳은 지하 깊숙한 곳에 있는 뇌옥보다 더 엄중한 감옥이었다.

연지는 오 리 담장 안의 낭원 내에서만큼은 어디든 갈 수 있는 자유가 주어져 있었다.

하지만 그녀는 사일루 앞 아담한 인공 호수를 가끔 산책하는 것 외에는 거의 하루 종일 사일루 오층에서 지냈다.

연지는 이곳이 무황성이라는 것과 자신을 납치해 온 자가 무황성주의 차남인 이소성주라는 사실을 알고 있다. 단지 그것만 알고 있을 뿐이었다.

사일루를 지키는 호위무사들은 그녀의 묻는 말에 벙어리처럼 입을 굳게 다문 채 일관했다.

연지의 시중을 드는 하녀들 역시 철저한 교육을 받아서인지, 꼭 필요한 말 외에는 일체 하지 않았기 때문에 그들로부터 그런 사실을 알게 된 것은 아니었다.

그런 말을 해준 사람은 이소성주 혁련무성 본인이었다.

혁련무성은 천하가 다 알고 있는 파락호였으며, 또한 호색한이었다.

그는 거드름을 부리는 것과 남들로부터 존경을 한 몸에 받는 것, 군림하는 것, 군자인 체하는 것을 매우 좋아하는 전형적인 소인배였다.

또한 자신이 매우 예의 바른 사람이라는 사실을 많은 사람들이 칭송해 주는 것을 특히 좋아한다.

그는 나쁜 버릇을 수없이 많이 갖고 있지만, 그중에서도 마음에 드는 여자는 반드시 자신의 것으로 만들어야 직성이 풀린다는 비뚤어진 소유욕은 여태껏 수많은 여자들과 그 가족들을 절망에 빠뜨렸었다.

한 달 보름 전, 혁련무성은 산동성 봉래현 거리에서 눈이 번쩍 뜨일 정도의 굉장한 절색미녀 한 명을 발견했었다.

원래 그는 봉래현에서 배를 전세 내어 발해만(渤海灣)을 건너 이백오십여 리 거리에 있는 대련현(大連縣)에 다녀온다는 계획을 갖고 있었다.

몹시 게으르기도 한 그를 낙양에서 장장 이천여 리 거리인 대련현까지 가게 한 이유는 오직 한 가지였다.

대련현에 기막힌 미녀가 있다는 소문을 듣고 자신의 눈으로 직접 확인한 후, 마음에 들면 무황성으로 데려가려는 목적을 품고 있었던 것이다.

그런데 배를 타기도 전에 봉래현에서 한 명의 절색미녀를 발견했고, 자주 사용하는 방법대로 일단 그녀를 제압한 후에 마차에 눕혀놓고 요모조모 뜯어보니, 수많은 미녀들을 품에 안아본 혁련무성의 혼을 쏙 빼놓을 정도의 미모와 몸매를 지닌 여자가 아닌가.

더구나 아직 십육칠 세 정도의 앳된 소녀였다. 첫눈에 사랑까지 느낀 것은 아니지만, 이 소녀를 놓치면 평생 후회할 것 같다는 생각이 들었다.

그래서 앞뒤 가릴 것 없이 마차를 돌려 다시 낙양으로 되돌아갔으며, 대련현의 미녀 따윈 까맣게 잊어버렸다.

그는 단지 어떻게 해야 이 소녀를 자신의 것으로 만들 것인지에 대한 궁리만 머릿속에 가득할 뿐이었다.

잘 구워삶아 놓기만 하면, 이제 겨우 십육칠 세의 어린 나이니까 앞으로 오륙 년 이상은 실컷 데리고 놀 수 있을 것이라는 음탕한 생각에 몸이 짜릿짜릿하고 아랫도리가 불끈거리는 그였다.

혁련무성은 낙양으로 돌아가는 마차 안에서 아혈과 마혈을 제압당한 채 누워서 두려움과 분노에 떨고 있는 절색소녀 연지에게 의기양양한 얼굴로 자신의 신분을 밝혔다.

대부분의 여자들은 혁련무성의 신분을 알게 된 직후의 반응이 거의 비슷했다.

처음에는 경악하고, 그다음에는 공손해졌으며, 마지막에는 제 스스로 교태를 부리며 혁련무성의 품에 몸을 던지든가, 아니면 다소곳한 자세로 그의 손길을 기다리는 정도였다.

그녀들은 무림오황의 하나인 무황성 이소성주의 여자가
된다는 사실이 무엇을 의미하는 것인지 너무도 잘 알고 있기
때문이다.

그래서 혁련무성은 연지에게 처음부터 자신의 신분을 거
침없이 밝혔던 것이다.

그 방법은 언제나 가장 간단하면서도 확실한 결과를 안겨
주었었다.

혁련무성은 연지도 그런 수많은 여자들 중에 하나일 것이
라고 여겼던 것이다.

그는 연지가 충분히 알아들었으리라 여겼다. 굳이 길게 누
누이 설명할 필요도 없었다.

“나는 무황성의 이소성주 혁련무성이다.”

이 한마디면 충분했다.

그의 신분을 알고 나서도 거부하는 여자는 아주 드문데, 그
때는 어쩔 수 없이 힘으로 굴복시켜 왔었다.

혁련무성이 자신의 신분을 밝히자 누워 있는 연지의 얼굴
에 해연히 놀라움이 떠올랐다.

그걸 보면서 혁련무성은 흐뭇한 표정을 지으면서 이제 차
려진 밥상만 먹으면 된다고 낙관을 했었다.

이윽고 그는 연지의 아혈과 마혈을 풀어주고는 슬며시 뒤
로 물러나 앉았다.

그녀가 교태를 부릴지, 아니면 다소곳한 자세로 손길을 기다릴는지 두고 보자는 심산이었다.

그렇지만 연지는 교태를 부리지도 다소곳한 자세를 취하지도 않았다.

그저 벌떡 일어나더니 곧장 혁련무성에게 몸을 날렸다.

짧은 순간, 혁련무성은 그것이 그녀만의 독특한 자기표현일지도 모른다고 생각했다.

일테면 남자가 손을 뻗기도 전에 먼저 도발하는, 그런 여자 같은 것 말이다.

혁련무성은 강한 흥미를 느꼈다. 그는 여태껏 능동적인 여자에게 주도권을 맡겨본 적이 한 번도 없었다.

그래서 '이것 참 재미있겠는데?' 하는 표정을 지으면서, 아예 자세를 완전히 무너뜨려 그 자리에 누워버렸다.

이 어린 소녀가 어떻게 자신을 요리(?)할 것인지 두고 보자는 엉큼한 속셈이었다.

그러나 그의 착각은 그 즉시 박살났다.

혁련무성에게 몸을 날린 연지는 오른 주먹에 온 힘을 실어 그의 얼굴을 향해 뻗었다.

화들짝 놀란 혁련무성이 마지막 순간에 다급히 고개를 틀지 않았더라면, 그의 잘생긴 코가 박살나서 함몰해 버리거나 운이 나빴으면 눈알 하나가 터져 버렸을 것이다.

연지의 조그맣고 어여쁜 주먹은 그의 기름진 주둥이에 작렬하여 앞니 한 개를 부러뜨렸으며 입술을 완전히 걸레처럼 찢어발겼다.

일권을 성공시킨 연지는 혁련무성의 가슴에 올라타서 제이, 제삼의 주먹을 연달아 날렸다.

혁련무성이 비록 파락호이긴 하나 무황성의 이소성주다. 부친이나 형에게는 못 미치지만, 나름대로 일류고수 이상의 무위를 지니고 있는 것이다.

연지는 제이, 제삼의 주먹을 성공시키지 못했을 뿐 아니라 순식간에 혁련무성에게 제압당하고 말았다.

그는 한 손으로 연지의 머리채를 휘어잡고 죽지 않을 만큼 두들겨 패주었다. 물론 그 와중에서도 그녀의 얼굴에 상처가 나지 않도록 조심하는 것을 잊지 않았다.

그가 연지를 때리는 이유는 보복이 아니었다. 그렇다고 그가 앞니 한 개가 부러지고 입이 짓뭉개진 것에 대해서 분노를 느끼지 않는 것은 아니다.

군림(君臨)하는 자들의 습성이 그렇듯이, 그 역시 분노를 삭일 줄 안다.

그러므로 보복 대신 징계를 가하는 것이다. 두 번 다시 자신을 우습게 여기지 못하도록.

연지는 혁련무성의 약간의 공력이 실린 주먹을 일곱 대쯤

맞고 혼절해 버렸다.

그러나 피는 한 방울도 흘리지 않았고, 뼈도 부러지지 않았으며, 몸에는 추호의 긁힌 흔적조차 생기지 않았다.

혁련무성은 여자의 몸 어디를 어떻게 때려야 상대가 극심한 고통과 공포를 느낄 뿐, 몸에는 추호도 이상이 생기지 않는지 오랜 경험을 통해서 잘 알고 있었다.

연지는 두어 시진 후에 깨어났다. 맞은 부위가 약간 욱신거릴 뿐 아무렇지도 않았다.

혁련무성은 연지의 혈도를 풀어주지 않은 채 동승한 하녀에게 연지를 돌보라고 지시한 후 주야로 술만 마시면서 무황성으로 귀환했다.

도착 직후 곧장 이곳 낭원의 사일루 오층으로 옮겨진 연지는 그날부터 감옥 아닌 감옥 생활을 시작하여 결국 오늘에 이른 것이었다.

"아… 오라버님, 너무나 보고 싶어요."

하염없이 창밖을 바라보던 연지의 입에서 안타까운 한숨이 새어 나왔다.

그녀의 거처인 사일루라는 이름은 이곳에서 바라보는 낙조가 절경이라서 붙여진 이름인데, 지금 연지는 낙조를 볼 수 있는 서쪽 창이 아닌 동쪽 창가에 서 있었다.

그녀가 바라보는 저 먼 동쪽 하늘 아래에는 정겨운 마을 봉래현이 있을 것이다.

부친인 조항유 역시 보고 싶었다. 하지만 그보다 친남매처럼 지낸 사형, 아니, 오라버니가 더욱 보고 싶은 그녀였다.

부친에 대해서는 보고픔보다는 걱정이 앞섰다. 연로한 부친이 혼자서 조석의 끼니는 어쩌시는지, 못난 딸 걱정에 편찮으신 것은 아닐는지…….

"오라버니, 도대체 어디에 있는 거예요. 하루빨리 소녀를 구해주세요."

연지의 목소리에는 옅은 울음이 배어 있었다. 울음이 터지려는 것을 그녀는 입술을 꼭 깨물며 참았다.

"그대에게 오라비가 있었는지는 몰랐군."

"아!"

그때 갑자기 등 뒤에서 들려온 나직한 목소리에 연지는 화들짝 놀랐지만 돌아서지는 않았다.

목소리만으로도 그가 혁련무성이라는 사실을 알 수 있기 때문이었다.

그의 목소리를 듣는 순간 연지의 얼굴이 더할 수 없이 싸늘하게 굳어버렸다.

얼굴뿐만 아니라 지금껏 부친과 사형을 그리워하던 마음까지도 깡그리 사라져 버렸다.

혁련무성은 지금처럼 불쑥 하루에 한 번, 아니면 이삼 일에 한 번씩 연지의 거처에 들르곤 했었다.

"어떤 오라비인지 궁금하군."

혁련무성은 연지의 등 뒤에 바짝 붙어선 채 고개를 숙여 그녀의 귀에 대고 나직이 속삭였다.

들척지근한 숨결이 확 끼치자 연지는 소스라치게 놀라 급히 앞으로 한 걸음 나아간 후 홱 몸을 돌렸다.

이어서 얼굴에 분노와 치욕스러움을 가득 떠올린 채 혁련무성을 말없이 쏘아보았다.

그는 빙그레 미소 지으며 온화한 표정을 지었다. 그런 모습을 보면 영락없는 도덕군자였다.

"그런데 좋은 오라비는 아닌가 보군. 연지를 보러 오지도 않는 것을 보니 말이야."

"닥쳐라! 너 따위 파락호하고는 비교도 할 수 없을 만큼 좋은 오라버님이시다!"

"호오… 그런가? 그런데 어째서 믿을 수 없다는 생각이 드는 걸까? 나는 연지에게 모든 것을 다 해주는데, 그는 대체 어디에서 뭘 하고 있느라 나타나지 않는 것이지?"

말의 내용은 비아냥거림인데도 혁련무성의 얼굴에는 화사한 웃음이 떠올라 있었다.

혁련무성은 여간해서는 화를 내지 않았고, 화가 나더라도 얼굴에는 드러내지 않는다.

어려서부터 명문대가로서의 엄격한 교육을 받았는데, 그 중에는 감정을 조절하는 방법도 포함되어 있었다.

그는 이따금씩 연지의 거처에 들러서 한껏 자상한 표정으로 쓸데없이 이런저런 얘기를 주절거리다가 돌아갔을 뿐, 아직껏 연지를 강제로 범하지는 않았다.

그렇다고 해서 그가 이날까지 한 번도 여자를 강간한 적이 없는 것은 아니다.

아니, 수도 없이 강간을 일삼았었다. 심지어는 여자를 거의 죽지 않을 만큼 두들겨 패든가, 혈도를 제압한 상태에서도 욕심을 채우는 일을 서슴지 않았었다.

그가 완강하게 거부하고 있는 연지에게 그런 방법을 쓰지 않는 이유는 한 가지 때문이었다.

그의 오랜 호색(好色)의 경험으로 봤을 때, 강간으로 정복한 여자는 결코 오래 데리고 놀지 못했었다.

그런 여자는 정사를 할 때에 완전히 수동적인 자세가 되기 때문에, 차라리 뻣뻣한 통나무를 붙잡고 씨름을 하는 편이 낫다는 생각마저 들 정도였다.

게다가 어떤 여자들은 마음속에 복수심이나 살심 같은 것을 품고 있기도 해서 재수가 없으면 자칫 정사를 하다가 복상사(腹上死), 즉 목숨을 잃을 수도 있는 것이다. 그렇게 죽는다면 필경 저승에 가서라도 조롱거리가 될 터이다.

혁련무성의 안목으로 봤을 때 연지는 특급에 속하는 여자였다. 더구나 아직 십육 세의 어린 소녀이기 때문에 더 높은 점수를 줄 수가 있었다.

그런 보물을 섣부르게 강간하여 겨우 몇 차례 갖고 놀다가 내버릴 수는 없는 일이었다.

들인 공이 얼마인데 그리 쉽사리 짓밟아 버리겠는가.

무슨 수를 써서라도 스스로 무릎을 꿇고 옷을 벗도록 만들어야만 하는 것이다.

혁련무성은 지금 유희를 즐기고 있는 중이다.

자신과 연지와의 보이지 않는 팽팽한 줄다리기였다.

그리고 그는 조금만 더 진득하게 기다리고 있으면 연지가 마침내 굴복할 것이라고 확신했다.

감언이설로 회유하는 것이나 공갈, 협박, 폭력 따윈 하책 중에서도 최하책이다.

진짜 호색의 고수는 목표로 삼은 여자가 고독과 절박함을 느끼게 만들어놓은 후 느긋하게 기다린다.

그럼 반드시 무너지게 되어 있다. 바위를 뚫는 것은 망치가 아니라 물방울이기 때문이다.

연지는 입술을 꼭 다물고 싸늘하게 혁련무성을 쏘아볼 뿐 아무 말도 하지 않았다.

혁련무성은 연지가 무너지기를 기다리면서 하루도 빠짐없

이 낭원 내에 들어앉혀 놓은 십여 명의 여자들과 질펀한 주지 육림에 빠져 있었다.

문득 혁련무성의 온화한 미소가 조금 더 짙어졌다. 곧 흘러 나올 비아냥거림이 깊이를 더할 것이라는 신호였다.

"약속하마. 그대의 오라비가 이곳에 그대를 찾으러 오면, 미련없이 그댈 보내주겠어."

연지의 얼굴에 믿을 수 없다는 표정이 떠올랐다.

혁련무성은 진지한 표정을 지었다.

"내가 비록 파락호이긴 하지만 한 번 입 밖에 낸 약속은 반드시 지키는 편이지."

혁련무성은 연지의 반신반의하는 얼굴을 힐끗 보고 나서 빙그레 미소 지었다.

"하지만 나는 그가 오지 않는다는 쪽이야."

사실 그는 연지에 대해서 아무것도 모르고 있다. 심지어 가족 사항에 대해서도 전혀 모르고 있었다. 아니, 알고 싶지도 않았다.

귀찮기 때문이다. 계집만 취하면 되는 것이지, 무에 그런 것을 알아야 한다는 말인가.

그가 알고 싶은 것은 오직 연지의 발가벗은 일몸과 정사를 할 때에 과연 어떤 느낌을 주는 여자인가 하는 정도였다.

한 달쯤 전에 낙양에 불쑥 나타난 노인 하나가 자기 딸이

무황성 이소성주에게 납치됐다며 아무나 붙잡고 하소연한다
는 보고를 접하고서야 연지에게 부친이 있다는 사실을 알았
을 정도로 혁련무성은 그녀의 몸뚱이 이외의 것에는 철저히
무관심했다.

혁련무성의 말에 연지의 얼굴에 '천만에! 오라버님은 꼭
올 거야!' 라는 표정이 또렷이 새겨졌다.

혁련무성은 달변가(達辯家)다. 세 치 혓바닥으로 강호의 구
렁이들도 능수능란하게 요리를 하는데, 하물며 십육 세 어린
소녀쯤이야 무슨 말이 필요하겠는가.

"혹시라도 그가 와서 연지를 데려가 주기를 원한다면, 성
문의 감문위사(監門衛士 : 성문지기)들에게 미리 말해둬야 하니
까, 오라비의 이름이나 용모 정도는 알려줘야 하지 않겠어?"

연지는 의심의 눈초리로 혁련무성을 쏘아볼 뿐 대답하지
않았다.

혁련무성은 어깨를 으쓱해 보였다.

"허어~! 별것을 다 의심하는군. 내키지 않으면 그만둬. 오
라비가 찾아왔다가 감문위사들에게 흠씬 두들겨 맞지나 않을
지 모르겠군."

이어서 그는 미련없이 몸을 돌려 입구로 걸어갔다.

그가 하녀가 열어주는 방문으로 막 나가려고 할 때 뒤에서
연지의 냉정한 목소리가 들려왔다.

"기다려!"

혁련무성의 입가에 흐릿하면서도 잔인한 미소 한줄기가
떠올랐다.

"사형의 이름은 고영(高英)이야."

연지의 조용한 말에 혁련무성의 입가에 떠올랐던 미소가
사라졌다.

'오라비가 아니라 사형이라고?

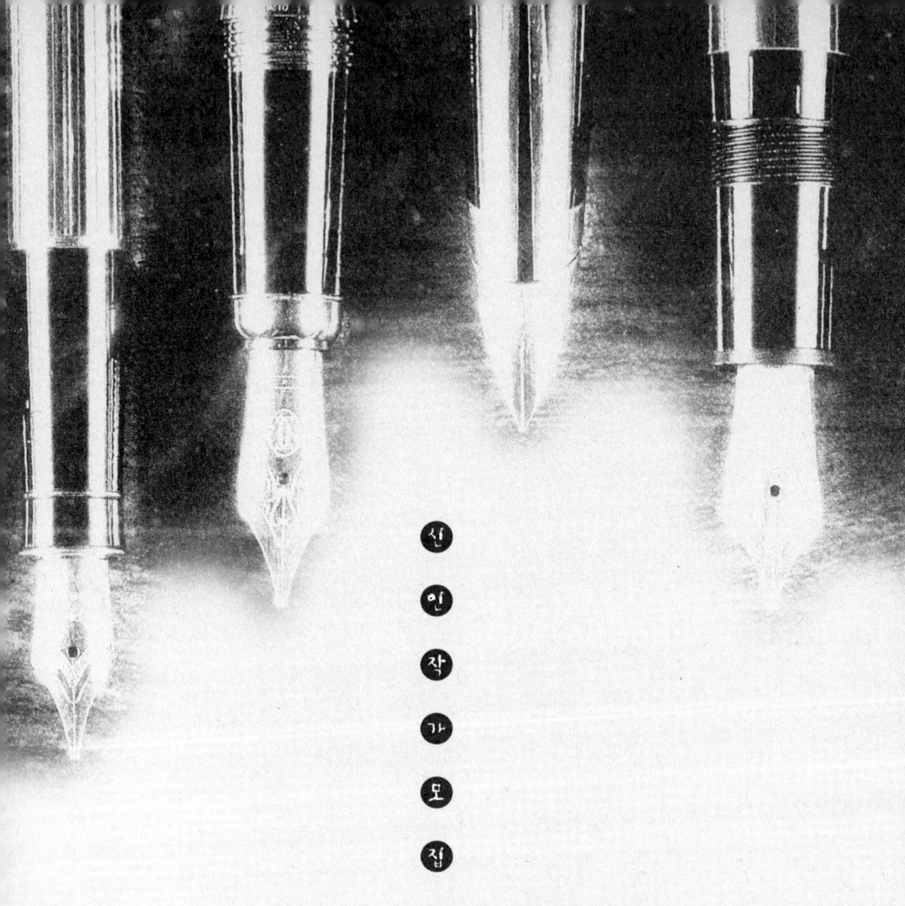

신
인
작
가
모
집

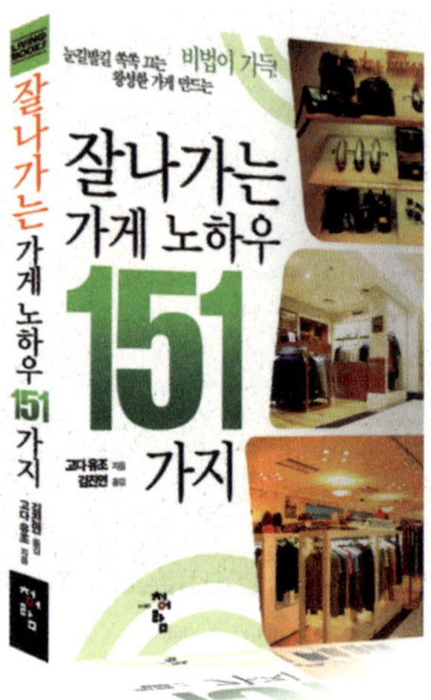

입소문을 통해 아는 분은 다 알고 계십니다!
올 한해 공인중개사 최고의 화제작!

1~2권 합본 | 이용훈 지음
3~4권 합본 | 이용훈 지음
5~6권 합본 | 이용훈 지음
용어 해설 | 이용훈 지음

수험생 기본 필독서
만화 공인중개사

제목 : 만화공인중개사 쓰신 분에게 감사드립니다.

학원을 두 달 다녔어요. 근데 과연 그 숫자 외우기 그런 게 몇 문제나 나올까 생각을 했어요.
아니라는 생각이 드네요. 학원강의를 뒤로하고 서점을 갔어요. 내 머리에 가장 이해될 수 있는
책이 없나 하구요. 거기서 만화를 발견했어요. 무조건 세 번 봤어요. 3개월 걸렸어요. 문제집을 보라고
했는데 그건 시행을 못했어요. 근데 합격을 했네요.
어떻게 감사의 말을 해야 될지……:
도서관에서 만화책 들고 다니니까 사람들이 비웃더라구요. 만화책으로 공인중개사를 공부한다고
미친 사람처럼 보더라구요. 근데 그거 다 감수하고 했던 내가 자랑스럽습니다.
어떻게 감사의 말을 해야 할지… 정말 감사합니다.
부디 행복하세요. 제 나이 41살에 좋은 스승을 만난 것 같습니다.
엎드려 감사드립니다.

―본사 홈페이지에 독자분이 올린 메일 中 에서 발췌―